これが㋮のつく第一歩！

喬林　知

JN286396

13520

角川ビーンズ文庫

これがマのつく第一歩！

これがマのつく第一歩！
サラレギー
小シマロンの少年王。
人間の国を統治する
立場にありながら
魔王ユーリに好意的。
コンラッド
【ウェラー卿コンラート】
前魔王の次男で
ユーリの名付親。
現在は大シマロンに
身を寄せている。
ユーリ
【渋谷有利】
主人公。
正義感と負けん気が
人一倍つよい高校生。
永世平和主義を掲げる
眞魔国第27代魔王。
Tomo Takabayashi
illust. Temari Matsumoto

登場人物紹介
ギーゼラ
【フォンクライスト卿
ギーゼラ】
ギュンターの養女。
治癒術を得意とする
現役の女性軍人。
ときどき豹変する。
ヨザック
【グリエ・ヨザック】
グウェンダルの部下で
女装もたしなむお庭番。
コンラッドの幼なじみ
にして戦友。
ギュンター
【フォンクライスト卿
ギュンター】
王佐。有利の教育係。
文武両道にして
ずば抜けた魔力と
美貌の持ち主だが…。
村田　健
通称・ムラケン。
ごく普通の眼鏡くん
と思いきや正体は
双黒の大賢者。

本文イラスト／松本テマリ

一日の訓練をこなせば、生き抜《ぬ》くのに充分《じゆうぶん》な食い物が得られた。簡素だが清潔な寝《ね》場所も与《あた》えられた。決められた期間を勤め上げたら、これまで手にしたこともないような大金を貰《もら》えた。戦場で手柄《てがら》を立てると、必ずそれに見合った報奨金《ほうしようきん》がでた。変装して敵地に潜入《せんにゆう》すれば、高額な報酬《ほうしゆう》以外にも、手に汗《あせ》を握《にぎ》るような戦慄《せんりつ》が味わえた。胸が躍《おど》る。生きていると実感する。危険であればあるほどいい。

国は大事だ。オレを食わせてくれる。

だから命じられれば何処《どこ》にでも行って戦うし、どんな相手でも斬《き》り伏《ふ》せる。意味など考えてはならない。それは一介《いつかい》の兵士のすることじゃない。戦うことで報酬を得ているのだから、オレたちはただ、上の指示に従えばいい。

愛国心ってそういうもんでしょうと訊《き》いたら、久々に会う上官は無礼な問いに怒《おこ》りも笑いもしなかった。

「割に合わない任務ならどうする」

「なるべくお断りしたいもんですね。でも、閣下のご命令なら考えます」

あ、でも女装は別よ？

だって似合っちゃうんだから仕方がないじゃなーい。

1

「よくお似合いです」

息子の同級生に褒《ほ》められて、渋谷美子《しぶやみこ》は不覚にも頰《ほお》を赤らめた。

「やーだわ、健《けん》ちゃんたら！　お世辞まで高学歴なんだからー」

「お世辞じゃないですよ。ちょっとレトロな柄が、大正ロマンて感じ」

本音だった。友人の母親のご機嫌《きげん》を伺《うかが》っている余裕《よゆう》はない。ここへ辿《たど》り着くまでに教師を四人、中学時代の知人を一人、騙《だま》して来たのだ。嘘《うそ》をつくのに疲《つか》れている。

「あ、でも、でもね、あたしだって年甲斐《としがい》もなく振《ふ》り袖《そで》着ようなんて思ってたわけじゃないのよ？　だってさすがに図々《ずうずう》しいじゃない、四十過ぎの人妻だもの。ただちょっと、そろそろ冬物を出そうかなあなんて押入《おしいれ》をチェックしてたら、若い頃《ころ》の着物を見つけちゃったの。若い頃はこんな可愛《かわい》らしい色も着られたのねーなんて感慨《かんがい》にふけってたら、羽織ってみてもいいんじゃないっていう悪魔《あくま》の囁《ささや》きが……」

横浜《ハマ》のピンクパンサーこと渋谷母はサラリと言ってのけた。もちろん現在だって昔以上に可愛い服を好んで着ているのだが、そういう事実は棚上《たなあ》げだ。

村田《むらた》が学園祭真っ最中の自分の高校から地元へ帰り着いたときには、既《すで》に午後五時を回っていた。タクシーが拾えず駅から走ったので、晩秋だというのに眼鏡《めがね》が曇《くも》っている。ピンポンダッシュかという勢いで渋谷家の呼び鈴《りん》を押すと、あぁら健ちゃんと脳天気な返事で顔をだしたのが、大輪の百合《ゆり》をあしらった着物姿の美子だった。

「娘《むすめ》が生まれて大きくなったら譲《ゆず》ろうと思って、今日まで簞笥《たんす》の肥やしにしてきちゃったんだけど、皮肉なことに育ったのはがさつな男の子二人。人生ってうまくいかないものね。こうなったらゆーちゃんに彼女ができて、その子がお嫁《よめ》さんにきてくれるまで待つわ。ああでもお嫁にきちゃったら、やっぱり振り袖は図々しいかしら。んー、けど二十代ならギリギリオッケーよねっ？」

「ギリギリどころか充分ＯＫだと思います。それ以前に渋谷の彼女に譲らなくても、ジェニファーさんがこのままお召《め》しになっても構わないと思います」

体温で曇ったレンズを制服の袖で拭《ぬぐ》いながら、村田は愛想《あいそ》よく応《こた》えた。だが言葉にださない胸の内では、事情を説明していない友人に舌打ちをする。

渋谷、きみはどの辺まで家族に明かしてあるんだ？

母親のこの浮《う》かれた様子からすると、美少年と婚約《こんやく》が成立している現実を話してあるとは思えない。いくら天使の如《ごと》き可愛らしさとはいっても、相手は歴《れっき》とした男だ。しかも城に戻《もど》れば養女がいて、十六歳にして未婚の父も兼《か》ねているらしい。

そんな衝撃《しょうげき》の事実を報《しら》されたら、ここの家族はどんなに面白《おもしろ》……いやショックを受けるだろうか。と、渋谷有利《しぶやゆーり》の秘密を分かち合う男、村田健は思った。なるべく僕からは話さないでおこう。息子《むすこ》自身の口から衝撃の事実を語られたときの、一家の反応が見たいから。

「ところで健ちゃん、ゆーちゃんはどうしたの？　今日は一緒《いっしょ》じゃなかったの？」

「そのことなんですが、奥さん！」

大好きなサスペンスドラマ口調に、渋谷母は両手を握り締《し》めて眉《まゆ》を顰《ひそ》めた。

「ど、どうしたの？」

「同じ中学出身の女子と意気投合して、現在、勝負カラオケ中」

「勝負カラオケ!?」

「そーです。尾崎豊《おざきゆたか》とか歌っちゃいます」

「古っ！　あ、ごめんなさい。えー、えー、えーそうなの？　あの各球団の応援歌《おうえんか》しか知らないようなゆーちゃんが？『私を野球に連れてって』をラブソングだと信じて疑わないゆーちゃんが？　変われば変わるものねえ」

「その気になれば『マイ・ウェイ』も歌います」

「当然、加山雄三《かやまゆうぞう》バージョンよね！」

とにかく、今夜は成果を報告しに村田の所に寄ると言っていたから、有利は帰らないかもしれない、時間に余裕があったら着替《きが》えを持ってきてくれと頼《たの》まれたのだと、なるべく手短に説明する。いつもと逆のケースに少し驚《おどろ》いたようだが、渋谷母はあっさり納得《なっとく》して村田を通してくれた。

通い慣れた家の階段を登り、廊下《ろうか》の突《つ》き当たりの扉《とびら》に向かう。勝手知ったる他人の部屋だ、どこに何があるか大体は判っていた。目的の物を探しだすのにそう時間はかからないだろう。

真鍮《しんちゅう》のドアノブを捻《ひね》ろうとする。

「待てよ」

手首を強く摑《つか》まれた。友好的とはいえない力具合だ。

視線を上げるとそこには渋谷兄がいた。村田は慌《あわ》てず騒《さわ》がずにっこり笑う。

「やあ、お兄さん、コンニチ……」

「お前にお兄さん呼ばわりされる筋合いはないね、弟のオトモダチ」

この家の長男である渋谷勝利《しょーり》は、次男の部屋の門番代わりだったようだ。縁《ふち》が光りそうなレンズの奥で、不愉快《ふゆかい》げに両目を眇《すが》めている。似てない兄弟とまではいかないが、雰囲気《ふんいき》はまるで違《ちが》っている。

怯《ひる》むことなく微笑《ほほえ》み返し。

「大人げないなあ、友達のお兄さん。もう立派な大学生でしょうに」

「高校生はガキだから留守中の他人の部屋に入ってもいいってのか？　まともな常識のある奴《やつ》なら、空き巣みたいな真似《まね》はしないだろ」

「空き巣だなんて、人聞きの悪い」

「安心しろ、誰《だれ》も聞いてない。誰かいたらもっと笑顔で相手してやるけどな。本来なら、人当たりのいい男なんだよ俺は」

物腰柔《ものごしやわ》らか、成績優秀《ゆうしゅう》、現役《げんえき》一橋大学在学中のご近所でも評判の優等生。それが渋谷勝利の表の顔だ。弟の口から聞くところによると、頭はいいがギャルゲー好きのプチ変人らしい。いずれにしろ熱血野球少年の次男坊《じなんぼう》とは一八〇度違う。

「家捜《やさが》しするならゆーちゃ……うちの弟のいるときにするんだな。そういやお前、ゆーちゃんはどうした。まさか見知らぬ場所に残して帰ってきたんじゃなかろうな」

おまけに筋金入りの弟コンプレックスだ。

「渋谷は久々に会った中学時代の知り合いと意気投合して勝負カラオケに……」

もちろんこれも嘘だ。

実際には、寒いプールで溺《おぼ》れかけたウォーター・オールド・ボーイズを救助する途中《とちゅう》、原因不明の水流に飲まれて消えてしまったのだ。恐《おそ》らくあちらの世界に飛ばされたのだろう。村田としては時期尚早《しょうそう》だと感じたが、有利自身が強く願っていたのだから仕方がない。

だが今回は、その先に不安が待ちかまえていた。

「……戻ってこないんだよね」

「何が、誰が？」

「渋谷だよ」

「はあ？　お前いま中学の知り合いとどうとかって言っただろ。戻ってこないってどういうことだよ⁉」

あちらの世界で何ヵ月が過ぎていようとも、いつもなら間を置かずに還《かえ》ってくる。姿を消しているのはほんの数分間で、周囲に怪《あや》しまれるまでもなく、沈《しず》んだのと近い場所で発見された。まあ時々、紐《ひも》パンなんか履《は》いていたりはするが。

「五分待っても十分待っても、戻ってくる気配がないんだ」

「あれは大体三十分単位だからな」

「カラオケの話じゃないって！」

友人の兄のあまりに呑気《のんき》な様子に、村田は壁《かべ》を叩《たた》きたくなった。渋谷はどこまで明かしているんだ、例えば魔《ま》族《ぞく》であることを親兄弟に打ち明けるものだろうか。自分の場合を考えてみると、ダイケンジャーな魂の遍歴《へんれき》など全く誰にも言っていない。でもこの家は確か、父親からして地球の魔族だったはずだ。だったら違和感《いわかん》なくお茶の間の話題に……。

「……するわけないよな、自分が魔王だなんて」

「魔王？」

奇妙《きみょう》なものでも見るような目で、渋谷勝利は腕《うで》を組み直した。

「魔王なんて信仰《しんこう》する奴が、ボブ以外にいるとは驚きだ」

「信仰じゃないよ、宗教的存在じゃないんだから……何だって⁉」

勢いよく顔を上げ、相手の服を掴《つか》んで揺《ゆ》さぶる。

「何だって？　今なんて言った、ボブって言ったのか⁉」

「おいっ」

世界中にボブはごまんといる。ボブといったってボブ・ディランかもしれないし、ぼ、く、ブラえもんの略かもしれない。数%《パーセント》の確率だが、ボボ・ブラジルの愛称《あいしょう》かもしれない。村田、お前って本当は何歳？　と有利のツッコミが聞こえた気がした。

しかしこの特殊《とくしゅ》な家庭の長男の言葉にならば、あ、の、ボブの名前が上っても不思議ではない。

「ボブと知り合いなのか⁉　だったら今すぐ連絡《れんらく》をとってくれ。今何処《どこ》にいるか判《わか》る？　非常事態なんだ、彼の助けが欲しい」

「ちょっと待て、めめめ眼鏡が顔から落ちるだろッ！　何だお前、いきなり来てボブボブボブボブと。連絡とれだー？　俺はガキの秘書じゃないっての。大体な、ゆーちゃんはどうしたんだよ、ゆーちゃんは⁉　それがはっきりするまで手助けなんかするか」

村田は一回深く息を吸い、唾《つば》を飲み込んだ。

「本当に聞きたい？　知らないほうがいいかもしれないよ」

「兄弟のことを聞きたくない人間がいるか」

「本当にリトルブラザー・コンプレックスだな！」

笑いだしたいような気分で、村田は猛《もう》スピードで計算を始めた。どこからどこまで話せばいいのか、大急ぎで判断しなければならない。

「喋《しゃべ》ったらボブに連絡してくれるね？」

「考えないでもない」

記憶《きおく》を遡《さかのぼ》ってみると、ボブと最後に会ったのは前の、更《さら》にその前の代だ。第二次世界大戦には、既《すで》に壮年《そうねん》の域に達していた。考えてみれば村田健が生まれてからは、まだ一度もボブに会っていない。

それもこれも地球産魔族と連《つる》んでばかりいて、こっちに接触《せっしょく》しようとしない彼が悪い。

2

野球小僧《こぞう》に似合うべきなのは、泥《どろ》にまみれたユニフォームとジャージだ。

だから丈《たけ》の長いエプロンを前で結び、バンダナで頭部を覆《おお》った無国籍《むこくせき》風料理人の出《い》で立ちが似合うと褒《ほ》められても、正直言って嬉《うれ》しくはない。

「ユーリにはそれがとても似合うから、厨房《ちゅうぼう》係に言いつけて持ってこさせたんだ」

たとえ相手が花のように儚《はかな》げな、絶世の美少年であっても。

「あなたにも着替《きが》えが必要でしょう？」

「……ありがとう」

僅《わず》かに小首を傾《かし》げ、花が綻《ほころ》ぶように笑うサラレギーから、おれはきちんと畳《たた》まれた布を受け取った。広げてみると案の定、パリッと糊《のり》の利《き》いた厨房服だ。

「わー、新品だー」

いかんいかん、棒読みになりかかっている。好意はありがたく受けなくては。

「けどもっと汚《きたな》い服でよかったんだよサラ、どうせすぐに汚《よご》しちゃうんだし。こんな真っ白だと動き回るのに気にしちゃいそうだな。あ、それともいっそ本当に料理人見習いとして、食堂でジャガイモの皮でも剝《む》けばいいかも」

「何を言っているの、ユーリ！」

サラレギーは白くて細い指で、おれの右手をぎゅっと握《にぎ》った。リアクションとスキンシップが意外と激しい。儚《はかな》げな外見に反して、結構熱い部分も持ち合わせている子だ。

「あなたはわたしの大切な客人なのだから、船員に混じって外で働くことなんてないんだよ。海の上は日差しも潮風もひどい。あなたに風邪《かぜ》でもひかせたら、眞魔国《しんまこく》の人々に申し訳が立たない」

「そうは言ってもおれたち一文無しだから、交通費も手土産《てみやげ》も渡《わた》してないし。どうもタダ乗りしてるみたいで心苦しいんだよね」

「タダ乗りだなんて、そんなこと思う者はこの船に一人としていないよ。あなたとご友人はわたしの命を救ってくれた。いわば小シマロンの恩人なのに」

ご友人とはヴォルフラムのことだ。借りていたマントのせいでサラレギーと間違われたヴォルフラムは、反乱を起こしたマキシーンの手先に胸を射られた。毒女《どくおんな》の守護のおかげで事無きを得たが、あの時は本当に頭の中が真っ白になった。

その結果として、日本からこっちの世界へと緊急《きんきゅう》出張していたおれは、長いこと敵国想定されていた小シマロンの船に、わけあって乗り合わせることとなった。それも弱冠《じゃっかん》十七歳にして大国の専制君主である、小シマロン王サラレギー陛下と、ほぼ二人きりという状態で乗り合わせることとなったのだ。

めざすは詳《くわ》しい地図さえない海の果て、二千年余りも鎖国《さこく》を続けているという聖砂国《せいさこく》。謎《なぞ》に包まれた神族が住む土地へ、と、国交再開の会談を求めて旅立った。

とはいえ、王の率いる使節団にしては、おれたちの乗る船は些《いささ》か粗末《そまつ》だった。三日前の時化《しけ》ではびくともしなかったから、見た目よりも頑丈《がんじょう》なのは確かだ。だが少々、いやかなり旧式で、ところどころ塗装《とそう》も剝《は》げかかっている。舳先《へさき》に美しい女神像もなければ、帆《ほ》柱《ばしら》の根本に動物を模した彫刻《ちょうこく》もない。それもそのはずだ。元々この船は王の旗艦《きかん》ではなく、聖砂国への献上品《けんじょうひん》を積んだ貨物船だったのだから。

予期せぬアクシデントのせいとはいえ、仮にも王の乗る船を、一隻《せき》でクルージングさせるわけにはいかない。そこで外洋にいた小シマロンの中規模艦を呼び寄せて、途中《とちゅう》から護衛につけた。そのため自衛の装備は必要ない。また、軍艦や客船でなくとも船員達の居住空間は必要だから、雨露《あめつゆ》をしのぐ部屋もきちんとある。王を前にして恐縮《きょうしゅく》しきった船長は、王と客人のために一番広く綺麗《きれい》な居室を提供してくれた。もちろんそれでもサラレギーは、呆《あき》れたような溜息《ためいき》をついた。豪華《ごうか》な寝室《しんしつ》でしか休んだことがないのだろう。おれんちのリビングよりずっと広いんだけどね。

しかしいくら貨物船にはあらざる好待遇《たいぐう》とはいえ、知り合ったばかりの相手と二十四時間一緒にいるのは辛《つら》い。しかもサラレギーは若くして大国を治める王様で、おれとは違《ちが》って由緒《ゆいしょ》正しいロイヤルファミリーの後継者《こうけいしゃ》だ。昼夜を問わず一つの部屋に閉じ込められていては、気詰《きづ》まりを通り越《こ》して息苦しくなってくる。

パブリックスクールにでも通っていれば話も合ったのだろうが、生憎《あいにく》こっちは庶民《しょみん》の生まれ、小中高とそこらへんの公立学校だ。貴族のご学友もいなければ馬術の嗜《たしな》みもない。修学旅行はいつも京都、枕《まくら》投げは教師が怒《ど》鳴り込むまで続く。

おまけにサラレギーときたら、夜はお約束どおりネグリジェだった。美少年の寝間《ねま》着《き》はネグリジェに限るという慣習が、こちらの世界にはあるんだろうか。パンツとシャツで寝ちゃう面《めん》倒《どう》くさがりのおれにとって、スケスケネグリジェは目の毒だ。夜中のトイレに行く時に、寝惚《ねぼ》けて女子部屋に入っちゃったのかと慌《あわ》ててしまった。

元々サラレギー軍港で身の回りの物を積み込んだのは、絵に描《か》いたような豪華客船だったのだが、出港直後に悪夢のクーデター騒《さわ》ぎに遭《あ》い、命からがら併走《へいそう》中だった貨物船に乗り移った。もう十日以上前になるが、あの時のことを思い出すと今でも胸が締《し》めつけられ、脳の奥の一点が熱くなる。

砂に棒を突《つ》き刺《さ》すような表現しがたい音と共に、握り合っていた手から力が抜《ぬ》け、隣《となり》にあった身体《からだ》がゆらりと傾ぐ。

炎《ほのお》に巻かれた甲板《かんぱん》に背中から倒《たお》れるヴォルフラムの胸には、たった一本の鉄の矢が突き立っていた。

中央を掴《つか》むと、ひやりと冷たい。

「……リ、ユーリ！」

「ああ」

サラレギーの白く細い指が、おれの肩《かた》を揺《ゆ》さぶっていた。心配そうに覗《のぞ》き込んでくる。薄《うす》い色つきレンズ越しなので、瞳《ひとみ》の色は判《わか》らない。このサングラスは、光や熱に弱いという彼なりの自衛策だ。眠っている時以外は、肌身離さずかけている。

「どうしたの、気分でも悪い？　船酔《ふなよ》いはしないと言っていたのに」

「平気平気、何でもないよ。ちょっと息苦しかっただけで」

「息が？　大変、戸を開けようか」

「ああ、いいのいいの！　おれが外に出るから。やっぱこう大人しく部屋にこもってるっつーのが、どうにも落ち着かないんだよなッ」

不満げなルームメイトを振《ふ》り切って部屋を出る。背中でドアを閉めると、自然と長い息が漏《も》れた。肩から力が抜ける。サラレギーと二人きりでいると、何故《なぜ》か緊張《きんちょう》を強《し》いられるのだ。広い甲板で海風にあたりながら、スクワットの自己最高記録でも更新《こうしん》しよう。

「どうかしましたか」

「おうわっ」

すぐ脇《わき》からいい具合に掠《かす》れた声がかけられて、恥《は》ずかしい悲鳴をあげてしまう。

「きゅきゅきゅ急に話しかけんなよ！　び、びっくりした」

「レディーはバタバタ足音を立てないものなのよん。グリ江《え》、お淑《しと》やかだから」

眞魔国のお庭番は、惚《ほ》れ惚れするような上腕《じょうわん》二頭筋をくねらせた。

あるときは他国に潜入《せんにゅう》する敏腕《びんわん》スパイ、またあるときは最少人数外交使節団の頼《たよ》りになるボディガード、またまたあるときは派手《はで》なドレスでパーティーの花……それがグリエ・ヨザックだ。恐《おそ》ろしいことに大概誰《たいがいだれ》かに誘《さそ》われていて、壁《かべ》の花でいることは滅多《めった》にない。人の好みとは実に様々だ。

「なんでそんな廊下《ろうか》の角から突然《とつぜん》出てくんの!?」

「だってこの船、床下《ゆかした》も天井裏《てんじょう》もないんですもん。お庭番は暗くてじめじめした場所が得意なのにぃー」

「しかもヨザック……どうして食堂のおばちゃんの割烹着《かっぽうぎ》を……」

彼が凄《すご》いのは完璧に着こなしている点だ。既《すで》に何の違和感もない。

「決まってるじゃないですか。坊《ぼっ》ちゃんとお揃《そろ》いにしたかったんですよ。もちろんお残しは許しまへんでー」

額に梅干しでも貼《は》り付けていそうだ。ちょっと服装倒錯《とうさく》気味だが、武器を握らせれば最強の武人だとおれも知ってはいる。今握っているのはフライパンとお玉だけど。

「ところでどうしました、なっがい溜息ついちゃって。坊ちゃんらしくない」

「まるで普段《ふだん》は悩《なや》みがないみたいじゃないか。えーえー、どうせおれは脳味噌《のうみそ》筋肉族だよ」

「そんな失礼なこと言ってませんってぇ。あ、でもグリ江、筋肉は好きよ。いい暇《ひま》つぶしにもなるしね」

「まさかあんたも、暇な時には胸をピクピクさせてるんじゃ……」

左右交互《こうご》に。

おニューの厨房服と割烹着姿のおさんどん二人組は、寒風の吹《ふ》き渡るデッキに出た。日は高く、時間的には昼過ぎなのだが、この海域は一年を通して気温が低いらしい。海は青灰《あおはい》色で、波もかなり高い。

「寒流ですからね。眞魔国よりずっと北だ。寒かないですか？」

「寒い？　ああ、そうだよな」

言われて初めて全身の筋肉が強《こわ》ばっているのに気が付いた。空気が冷たいせいで自然と身体を縮めていたのだ。このまま激しい運動をすれば、肉離《にくばな》れを起こしかねない。

「よーし、ちょっと暖まるかー。まずは軽くストレッチとジョギングから」

ヨザックは眉《まゆ》をハの字形に下げる。無理もない、この航海中、暇さえあればランニングに付き合わされていたのだ。

「また走るんですか！　まったく、こんなに走らされたのは兵学校のシゴキ以来だね」

「別に付いてこなくてもいいって」

「いーえ是非ともお供させてもらいます。本当なら寝室もご一緒させてもらいたいくらいだ」

「……寝室は、マジやめておいたほうがいいと思うぞ」

視線を空に向け口籠《くちご》もるおれに、ヨザックは「どうして」と訊《き》き返してきた。あまり広めることでもないけれど。

「サラがスケスケ助三郎《すけさぶろう》だからさー」

妙《みょう》なところで自信喪失《そうしつ》されても困るし、対抗意識を燃やしてセクシー割烹着になられても困る。

軽いストレッチの後にデッキを走り始め、二度目に船尾《せんび》の柱にタッチした時だった。足元のロープに躓《つまず》いて、おれは大きくバランスを崩《くず》した。

「おっと」

タイミングよくヨザックが腰《こし》を抱《かか》えてくれる。助かった、雨晒《あまざら》しの荷に突っ込まずに済んだ。頭を振って上半身を起こそうとすると、特に覗く気もなかったのだが、目線が偶然《ぐうぜん》、木箱の陰《かげ》に向いた。

「あれ」

箱に縋《すが》り付くようにして、若い女性がしゃがみ込んでいた。

塗装《とそう》の剝《は》げた木にピタリと両手を這《は》わせ、細い身体を小さくして息を潜《ひそ》めている。おれと目が合うと悲鳴を呑《の》み込み、膝《ひざ》を使って後退《あとじさ》った。睫毛《まつげ》も唇《くちびる》も震《ふる》えている。

「だ……」

誰だと訊くよりも先に、相手が尻《しり》を浮《う》かせた。見開いた瞳が恐怖《きょうふ》に揺れる。翳《かげ》った日差しの下でも判るほどの金色だった。走りだそうと後ろを振り返った拍子《ひょうし》に、長い髪《かみ》がおれの顔の前を過《よ》ぎった。こちらも金だが、汚《よご》れて薄灰色になっている。

「ちょっと待っ、待てって！　何もしないって！」

「おっとと、坊ちゃん、あんまり無理な体勢とられると……ああでも追うまでもなかったみたいですよ。良かったね」

ヨザックの言葉どおり女性はすぐに戻《もど》ってきた。走りだしたばかりの急な方向転換《てんかん》で、枝みたいな両脚《りょうあし》が左右にぶれる。不意に気付いた。彼女は裸足《はだし》だ。しかもこの寒空に、服らしい服も着ていない。弥生《やよい》時代の貫頭衣《かんとうい》みたいな布を被《かぶ》り、腰を紐《ひも》で縛《しば》っているだけだ。腕《うで》も首もひどく細く、意味不明な悲鳴をあげた声にも力がない。

荷の陰に駆《か》け込んで縮こまり、腕を回して頭を庇《かば》った。丸めた背中が震えている。何をそんなに怯《おび》えているのだろう。

「あのさ」

伸《の》ばしたおれの手が触《ふ》れてもいないのに、びくりと両肩が跳《は》ねた。船倉に続く階段の方から、男達の怒声《どせい》が聞こえたからだ。会話は徐々《じょじょ》に近くなる。明らかに誰かを捜《さが》していた。女性はますます身を縮め、耳を押さえて動かなくなる。間違いない、追われているのは彼女だ。

「物陰ったって、このままじゃ時間の問題だな……せめて箱の中なら誤魔化《ごまか》せるかもしれないけど。畜生《ちくしょう》、どこが蓋《ふた》だよこれッ⁉」

入口を探して荷物を撫《な》で回すが、どの面も釘《くぎ》でがっちり打ち付けられていて外せそうにない。見かねたお庭番が木の縁《ふち》に手を掛《か》け、力任せに引き剝がす。

「やれやれ。神族と関《かか》わるなってのは、親の代からの家訓なんですけどね。もっとも……うおりゃ！　親の顔どころか、美人だったのかどうかさえ思い出せやしないけど」

側面丸ごとあっさり外《はず》れた。彼の上腕二頭筋は万能だ。

「助かったよヨザック、あんたのお母さんならきっと、ゴージャスなドレスの似合う美人だったと思うな」

「今のは親父《おやじ》の話です」

痩《や》せた身体《からだ》を急いで箱の中に押し込んで、素知らぬ顔で板を元どおりに立てる。倒れかかるのをどうにか背中で支えた。先程《さきほど》から大声をあげていた船員達が、こっちに気付いて駆け寄ってきた。袖《そで》をわざと引きちぎったみたいなノースリーブで、腕の太さを見せつけている。海の荒《あら》くれ男スタイルなのだろう。でも髪型は、特有の刈《か》り上げポニーテール。

「誠に失礼ですが、お客人方」

「な、なんであるかな？」

しまった、またしても時代劇口調だ。威厳《いげん》を保とうと意識すると、どうしてもこんな喋《しゃべ》り方になってしまう。一国一城の主《あるじ》として相応《ふさわ》しい態度ってものが身についていないからだ。

「若い女を見かけませんでしたか」

「見てない見てない。み、密航者なんて誰も見てないから！」

おれの返事に船員二人は首を傾《かし》げた。薄茶《うすちゃ》のポニーテールが可愛《かわい》らしく揺れる。何か失言があっただろうか。

「この船に密航者などおりません」

「そう、なのか？　だったらまあ、何よりだ。困ったことに密航は最近の若者文化だからさ、日本じゃあ密航をしてから結構と言えって諺《ことわざ》もあるくらいだしね」

ねえよ。

「ですから我々が探しているのは密航者ではなく、聖砂国に連れ……」

「聞こえなかったかー？　うちの坊ちゃんはご存じないそうだ」

おれの言い訳に呆《あき》れたコザックが、実力行使とばかりに指をポキポキ鳴らした。

「で？　どっちが先に人喰《く》い魚人姫《ひめ》の昼食になりたい？」

船員達の顔色が悪くなる。知らなかった、魚人姫は肉食だったのか。

「ちゅ、ちゅちゅちゅちゅちゅ昼食などとわッ」

「そこじゃない。操舵室《そうだ》の方に逃《に》げるのを見た」

マストよりも舳先《へさき》側の船室から、見慣れた歩き方の人影《ひとかげ》が出てきた。この船で一人だけ誰とも異なる服を着ている。水色を基調とした小シマロンの軍服とは違《ちが》い、砂を思わせる黄色と白の組み合わせだ。

大シマロンの特使として同行することになった、ウェラー卿《きょう》コンラートだった。

「見当違いの場所を捜しているようだな」

隣国《りんごく》、それも自国よりも上位に位置する王家の使者だ。ここで従わなければ相手の面子《メンツ》を潰《つぶ》すと悟《さと》ったのか、船員達は目線を下げて走り去った。木箱を背にしたおれたちの前に立って、ウェラー卿は低く抑《おさ》えた声で言った。

「あまり感心しませんね」

密航者隠匿《いんとく》を咎《とが》められているのかと思ったが、どうもその件ではないらしい。おれの全身を眺《なが》めた後に、自分の羽織っていた茶色の外套《がいとう》を差し出す。

「風邪《かぜ》をひきますよ。そんな恰好《かっこう》で海風に曝《さら》されていては」

おれはゆっくりと首を横に振《ふ》った。

彼の思惑《おもわく》が言葉にしなくても理解できたのは、もう何ヵ月も前の話だ。

「結構だ、余所《よそ》の国の軍服を借りる気はない」

「これは俺の私服です」

「遠慮《えんりょ》しておくよ」

ウェラー卿がヨザックに視線を向ける。お庭番は面白《おもしろ》がるような軽い口調で、そんな眼《め》で見ないでーと言いつつ両手を挙げた。

「オレはなーんにもしてませんよ。入れ知恵《ぢえ》なんか、なーんにもねー」

「本当だ、何の助言も受けていない。おれは寒くもないのに他人の服は借りないし、必要ならサラレギーから借りる、それだけだ」

「……では、なるべく早くそうしてください。体調を崩されてからでは遅《おそ》い」

「心配する相手を間違えてる」

問い返す代わりに、少しだけ眼を眇《すが》めた。眉の横の傷が僅《わず》かに引きつる。

「サラは寝室《しんしつ》だ。張り付いていなくていいのか？」

「これは彼の船です。余程のことが起こらない限り、小シマロン王サラレギーは安全だ。そう、余程のことが起こらない限りは」

感情を読ませない表情のまま、ウェラー卿は左腕を引っ込めた。あれは本物なんだろうか。ごく自然に動く関節を眺めながら、頭の隅《すみ》っこでぼんやりと考える。

彼の左腕は、本物なのだろうか。それとも生身の肉体と変わらぬ機能を果たすほど、精巧《せいこう》に作られた義手だろうか。柔《やわ》らかく、人の肌《はだ》と同じだけ温かい。そんな義手が存在するのか。

肘《ひじ》の辺りにフォンカーベルニコフ印が捺《お》されていたりして。

アニシナ女史の知的な笑《え》みが浮かんだところで想像は途切《とぎ》れる。背中の木箱から微《かす》かな震動《しんどう》が伝わってきたからだ。大変だ、密航中の女性を閉じ込めたままだった。酸素が足りなくなりでもしたら一大事だ。急いで板を外してやる。

箱から転がりでてきた女性は、新鮮《しんせん》な空気を思い切り吸ってから大きなくしゃみをした。一度や二度では済まない。匿《かくま》ったこちらが申し訳なくなるほど、いつまでも止まらなかった。

「ごめん、中身は胡椒《こしょう》だったのかな」

ぐらつく膝を両手で押さえて立ち上がろうとしている。改めて見直すと潜伏《せんぷく》中の密航者は、女性と呼ぶには少々若かった。おれと同じか、一つ二つ年下だろう。怯えたように向けてくる金色の瞳《ひとみ》ばかりが大きい。縄文《じょうもん》時代か弥生時代風の服の下から、枯《か》れ枝みたいに細い四肢《しし》が伸びている。痩せているのに胸だけがやけに強調されていて、目のやり場に困って宙を見た。

「胸が、デカい、です、ね、ってうわぁ、すすスミマセン」

おれとしたことが、とんでもないセクハラ発言を！

「やだわ坊《ぼっ》ちゃん、あんな偽胸《にせむね》で赤くならないで。あれは明らかに詰《つ》め物です。素人《しろうと》ならともかく、このオレは騙《だま》せませんぜ」

「あんたの胸は正真正銘《しょうしんしょうめい》本物の筋肉だも……ぎゃ」

薄着の巨乳《きょにゅう》にドギマギするおれの足に、硬《かた》くて重い物が落ちてきた。赤と白のラベルを巻いた缶詰《かんづめ》だ。女の子が慌《あわ》てて膝《ひざ》をつき、転がる缶を拾って懐《ふところ》に突《つ》っ込んだ。その拍子《ひょうし》に服の隙間《すきま》から、胸に詰めたパンが覗《のぞ》く。

「あ、人工乳《ちち》」

「ほらね」

それ見たことかと言わんばかりに、男は黙《だま》ってDカップ主義のお庭番は笑った。どうやら密航中に空腹に耐《た》えかねて、厨房《ちゅうぼう》から食糧《しょくりょう》を失敬してきたらしい。おれたちに奪《うば》われまいと、両腕で必死に守っている。

「取らないよ、取りゃしないから寄せて上げるのやめてくれ。あっ鼻からギュ……ギュン汁《じる》たれちゃうからっ」

偽乳《ニセチチ》と、知りつつときめく虚《むな》しさよ。セクハラ川柳《せんりゅう》より。

おれのみっともない動揺《どうよう》をよそに、ウェラー卿は素早《すばや》く周囲を窺《うかが》った。船員達の目が無いのを確認《かくにん》すると、女の子の背中を押して促《うなが》す。彼女は神族だ、恐《おそ》らく言葉は通じない。

「早く戻《もど》ったほうがいい」

「戻るって何処《どこ》へ？　おれの部屋に匿《かくま》ってあげたいのは山々だけど、厄介《やっかい》なことに今回はサラと同室だからなあ。ああそうだ、さっきのコートを」

剝《む》き出しの肩《かた》には鳥肌《とりはだ》がたっている。

「彼女に。あんたさえ良ければ貸してあげてくれないかな」

「ええ」

ほんの一瞬《いっしゅん》だけ、コンラッドが笑ったように思えた。強風に目を細めただけかもしれない。嫌味《いやみ》のない所作で女の子に外套を羽織らせる。そういうところは相変わらず紳士《しんし》だ。

「とにかくきみが寝泊《ねと》まりできる部屋を探そう。ヨザックんとこには隠《かく》せる余裕《よゆう》ないの?」

返事の代わりに肩を竦《すく》める。おれとサラレギーのとばっちりを喰った船長あたりが、やむなく同居しているのかもしれない。

「ウェラー卿の所はどうだろう。乗員並みとはいえ個室を貰《もら》ってるだろ。大シマロンの特使なんだからさ」

「彼女一人なら匿えないこともありませんが」

「え、何、単独密航じゃな……あっ!」

用心深く左右を見回していた女の子が、おれたちの手を振り切って駆《か》けだした。胸に抱《かか》えた食糧を落とさないように前屈《まえかが》みになって走ってゆく。兎《うさぎ》みたいに速かった。

「ちょっと!」

慌てて後を追うと、彼女は船尾《せんび》の梯子《はしご》を降り、おれが行ったこともない船倉を通り抜《ぬ》け、一番奥の床板《ゆかいた》を持ち上げた。潮風よりももっと強く、海の中の匂《にお》いがした。

「きみ、待って」

「陛下、あまり深くまで行かれるのは」

ベルトを掴《つか》まれる前に、腐《くさ》りかけた梯子を下り始める。木を握《にぎ》った掌《てのひら》に棘《とげ》が刺《さ》さるが、落ちないようにするのが精一杯《せいいっぱい》で、そんなこと気にしてはいられない。少女はどうしただろう、まさか足を踏《ふ》み外してコンテナの上に転落してはいなかろうなと、恐る恐る下を向いた。すると。

「え……っ」

船底に貼《は》りついた無数の灯《ひ》が、一斉《いっせい》にこちらを見上げていた。夜光虫や海洋生物の発する輝《かがや》きではない。あれは目だ、意思ある者の瞳だ。下水道で鼠《ねずみ》に取り囲まれた時を思い出して、背筋を嫌な汗《あせ》が伝う。指が震《ふる》えて自分が落ちそうになった。

「陛下」

「坊ちゃん、ご無事で……おーやおや、厄介な積荷を発見しちまったもんだ」

珍《めずら》しく慌てた感じのヨザックとウェラー卿が、船倉から身を乗りだしておれの服を摑んだ。

「どうしてこんな船底に、人間がたくさん……こんな団体で密航してんのか⁉」

「好んで潜《もぐ》り込んだわけではありませんよ」

ウェラー卿は多少は事情を知っているらしい。

無理やり引き上げられながら、おれは痛いほどの視線を感じていた。突き刺さるような鋭《するど》い眼差《まなざ》しだ。憎悪《ぞうお》なのか好奇《こうき》なのかは判《わか》らない。

「彼等は皆《みな》、神族です。聖砂国からシマロンへと漂流《ひょうりゅう》してきたものの、今また故国へと戻されようとしている神族達です」

瞳は全《すべ》て、金色だ。隙間から漏《も》れる微かな明かりに、押し黙って眼だけを光らせている。

3

湿《しめ》った石段を大股《おおまた》に降りてくる靴音《くつおと》がする。

この場所まで兵士が来るのは何日ぶりだろう。光もろくに差し込まない地下牢《ろう》の苔《こけ》生《む》した石床には、縁《ふち》の欠けた椀《わん》が一つだけ置かれていた。半分ほど残された中の水は、随分《ずいぶん》前から嫌な臭《にお》いを放っている。

階段の終わり、城の最下層にある格子《こうし》戸が軋《きし》む音に続き、二人分の足音が徐々《じょじょ》に近付いてきた。一つは聞き慣れた軍靴《ぐんか》のものだが、もう一方は牢番の歩き方ではなかった。踵《かかと》の材質も本人の体格も違《ちが》うのだろう。囚人《しゅうじん》の首を斬《き》りにきた処刑《しょけい》人か、あるいは新たに捕《つか》まった同胞《どうほう》かもしれない。

途切れがちな意識でそこまで考えたが、男はじめついた石床に横たわり、扉《とびら》に背中を向けたまま動けなかった。度重《たびかさ》なる尋問《じんもん》と暴行で衰弱《すいじゃく》しきっていたのだ。たとえ四肢を拘束《こうそく》されていなくとも、とても逃《に》げられはしなかったろう。

錆《さ》びた蝶番《ちょうつがい》が耳障《みみざわ》りな金属音をたて、地下牢の扉が開かれた。松明《たいまつ》のものらしき揺《ゆ》らめく光が、濡《ぬ》れて変色した床を照らす。

「ああ、こいつだ」

　どこかで耳にした声だと思ったら、何の手加減もなく背中を蹴《け》られた。呻《うめ》いて俯《うつぶ》せになると、今度は爪先《つまさき》で脇腹《わきばら》を蹴られ、転がった身体《からだ》が正面を向く。

「やれやれ」

　男は左手に明々と燃える松明を掲《かか》げ、可笑しそうに呟《つぶや》いた。

「やっぱり死んでねえな」

「……ア……」

　囚人は唇《くちびる》を動かしかけてやめた。どうせ声になどなりやしないからだ。

　霞《かすみ》のかかった視界には、橙《だいだい》の炎《ほのお》に、金の髪《かみ》が輝いている。

「おい、知らん顔してお寝んねかよ？　こんな最下層の地下牢まで来るために、オレがどれだけ罪を重ねなきゃならなかったと思ってるんだ？」

　番兵を従えた長身の男、アーダルベルト・フォングランツは、場にそぐわない楽しげな声で続けた。

「無銭飲食だろ、城内の器物損壊《そんかい》だろ、焼き菓子《かし》の無許可販売《はんばい》・飲み物つきだろ？」

　そんな軽犯罪者と、国家騒乱《そうらん》罪の首謀者《しゅぼうしゃ》を、同じ房《ぼう》に入れるものか。

「それにしても酷《ひど》い有様だ。どこの国でも囚人てのはこんなもんかね」

「この男はサラレギー様のお命を狙《ねら》った大罪人だ、他《ほか》とは違う」

番兵が、憤慨《ふんがい》したように答えた。どこにも嘘《うそ》はなく、心からそう信じている声だ。

「だがいくら尋問しても仲間の名を吐《は》かない」

「紳士的な尋問か？　興味あるな。だがこいつは、ついこの間まで軍の上層部だった人間だろう。転落というのはあっという間だな」

アーダルベルトは膝を折ってしゃがみ込み、話を聞こうともしない男の顎《あご》を摑んだ。無精髭《ぶしょうひげ》に覆《おお》われている。以前は綺麗《きれい》に刈《か》り上げられていたものだが。本来なら小シマロン軍人としてあるまじきことだ。

「確かにこいつだ、貰ってくぜ」

「そんな、話が違……」

慌てて取りすがる番兵は、腕《うで》の一振《ひとふ》りで鉄格子に叩《たた》きつけられた。ついでという風にもう一度囚人の腹を蹴飛ばしてから、アーダルベルトは芋虫《いもむし》状に縮こまる身体を担《かつ》ぎ上げながら言った。男にとっては聞き慣れた口調だ。

「そうだ、お前の喜びそうな話がひとつある。聞きたいか？」

「……どう……」

どうでもいいと答えたつもりだった。だが相手はやめない。やめないところも以前のままだ。

「お前等を出し抜いた王様の乗った船だが」

ぎくりと、我知らぬうちに背筋が跳《は》ねた。自分で招いた痛みに呻く。

「ありゃあ駄目《だめ》だ。難破するな」

「何故《なぜ》⁉」

「おや、嬉《うれ》しかねえのかよ」

思ったよりも深刻な声がでてしまったらしい。

そういえば、ずっと昔にもこんなことがあった。

それがどんな状況《じようきよう》だったかを思い出す前に、ナイジェル・ワイズ・マキシーンは意識を手放してしまっていた。


そんな胡散臭《うさんくさ》い話を信じる阿呆《あほう》がいるか。

携帯電話を肩《かた》に載《の》せて、渋谷勝利はわざとらしい大声をだした。弟の友人が告げた衝撃《しようげき》の事実を、脳味噌《のうみそ》の中で反芻《はんすう》しながら。聞こえているのは単なる時報だ。

「もしもしサップ？　俺俺、俺だけどさー」

案の定、村田健が喰《く》いついてくる。冗談《じようだん》を冷笑《れいしよう》で受け流す余裕《よゆう》がないらしい。

「僕が頼《たの》んだのはそっちのボブじゃないよ。大体ね、ロボット警官相手にオレオレ詐欺《さぎ》ふっかけてどうしようってのさ」

「……お前、そりゃロボ・コップだろ」

「ロボでもボロでもミルコでもフランシスでもどうでもいいから、早いとこボブに繋《つな》ぎをつけてくれ。そっちだって弟の安否は気になるだろう、友人のお兄さん。頼むよ、同じ眼鏡《めがね》組仲間じゃないか」

「萌《も》えねーな。眼鏡っ娘倶楽部《こくらぶ》とかなら萌えるんだけどな」

小煩《こうるさ》いガキに辟易《へきえき》しながらも、アドレス登録の「ボ」の欄《らん》を目で追う。凡田鉄郎（友人）、ボストン屋（居酒屋）、ボーリング大将（ボーリング場）、ボリス・アカデミー（留学生）。

「ボブ、ボブ……っと。いいかムラケン、通じなかったらそれでやめっからな。国内にいなけりゃ俺のケータイは繋がらないし、あっちのだってヨーロッパは非対応なんだから」

「それでいいよ。構わないからとにかくかけてくれ」

「まったく。子供はおとなしくメールでもしてやがれって……」

勝利の文句はいきなり途切《とぎ》れた呼出音で終わった。何故だか凄《すご》い雑音の向こうから、陽気なアメリカ人の挨拶《あいさつ》が聞こえる。運が悪い、捜《さが》していた相手に繋がってしまったのだ。

『やあシブーヤ！　久し振《ぶ》りだな。どうしたんだねこんな時刻に』

「ボブ!?　あんたいったい何処《どこ》に居るんだ！」

ヒューだの、ぱぴぱぴーだのと喧《やかま》しい。機種が古いのか、周囲の音をひろいまくりだ。リズミカルな太鼓《たいこ》も聞こえてくる。

『その声はジュニア、ジュニアだな？　おーぅひーほーぉ！　私は今、サンバの真っ最中なのだよ！　歌おうサンバ、踊《おど》ろうサンバ』

　ブラジル？　勝利は携帯電話を持ち直した。

「ジュニアって呼ぶな、あんたの息子じゃないんだから。それより今リオか、リオデジャネイロにいるのか？」

『いいやショーリ、現在地は……商店街だ。昨日から商工会の催《もよお》しで……商店街ご利用のカーニバルに参加しているのだよ。はひゃっほーぅ！　サンバのリズムで皆《みな》、安産』

「駄洒落《だじゃれ》かよ⁉　しかも日本語で。あんたの行動範囲《はんい》は一体どうなってんだ」

　渋谷家長男は電話口で舌打ちした。こんなふざけたグラサン野郎《やろう》に牛耳《ぎゅうじ》られていて、世界経済は大丈夫《だいじょうぶ》なのだろうか。しかもこのおっさんが全世界の魔王《まおう》だというのだから、地球の未来も高が知れている。

「ボブ、ボブ出た？　ボブ本物出た？」

　隣《となり》では村田がレンズを輝《かがや》かせて待っている。松茸《まつたけ》の初物でも見つけたみたいな反応だ。

「あー、実は今ここに村田っていうガキが来てるんだけどー。しかもどうも熱烈《ねっれつ》にあんたを求めてるみたいなんだけどね」

『ムラタ？　誰《だれ》だ……』

　サンバカーニバル中のアメリカ人が記憶《きおく》を手繰《たぐ》るより先に、村田は勝利から携帯を奪《うば》ってしまった。通話口に向かって叫《さけ》びながら、見えない男に手を振った。

「ボブ？　アンリだ。正確に言えば違《ちが》うけど、こう名乗ったほうが判《わか》りやすいだろう」

また知らない名前が飛びだして、勝利は眉《まゆ》を顰《ひそ》める。

「そう、アンリ・レジャンだ。ていうか今は村田健。ムラケンとしては初めまして」

やっぱり初対面だったのか。自己紹介が仏語で、その先はなんと、流暢《りゅうちょう》な英語だ。偏差値の高い友人とは聞いていたが、英語までペラペラだとは思わなかった。

「いきなりで悪いんだけどねボブ。誰か、あちらへ行く手助けになる人を貸して欲しいんだ。人がなければ物でも場所でもいい。ウェラー卿《きょう》が往《い》き来した時の場所とか、地球に喚《よ》ぶ時に一役買った実力者とかいるだろう？」

向こうの世界と地球を往き来した男の話なんぞしている。あっちと地球だぜ？　あちらって何処だ、火星か金星かよ。亜《あ》空間通路でも抜《ぬ》けて異世界に行くのかよ。宇宙暦《れき》をカウントし始める前に、スタートレックの時代がきてしまったのか。弟が行方《ゆくえ》不明な理由を聞かされたとき、勝利はそう思って訊き返していた。

「はあ？　ナニそれじゃ、ゆーちゃんは宇宙船にも小型カプセルにも乗らず、生身でワームホールを通り抜けたと」

「そういうこと。ワームホールじゃないし、最初は水洗トイレからだったけどね」

「ふざけんな、寝言《ねごと》は寝て言え」

「寝言じゃないんだよ、友達のお兄さん」

十六年間、自分の元にいた弟が、実は異世界の大国の王様だなんて。しかも没落《ぼつらく》した王家の末裔《まつえい》とかいうロマンチックな話ではなく、強大な力を持つ種族の魔王だなんて、到底《とうてい》信じられる話ではない。そんな夢物語を意外とあっさり納得《なっとく》してしまうのは、子供の頃《ころ》に父親が地球産魔族であると報《しら》された上、地球の当代魔王に後継《こうけい》を迫《せま》られている人間くらいだ。

つまり、俺。

勝利はパソコンデスクの上にあったラベルシールを右手で軽く握《にぎ》り潰《つぶ》した。ヘビースモーカーだった曾祖父《そうそふ》なら、一服して気分を落ち着かせているところだ。

煙草《たばこ》は吸わない。家族にスポーツマンがいるから。副流煙が弟の成長の妨《さまた》げになったら、それこそ自分で自分を責めてしまいそうだし。

「だからボブ、いつもは二、三分で戻《もど》ってきてたんだ。あっちのピー時間では何日も過ぎてたけどね。あのピー忌々《いまいま》しいスタッアしたのと同じ地点に、ピー紐《ひも》パン履《は》いてぽっかり浮《う》かんでたんだ。それが今回ばかりは十分経《た》っても二十分経っても……」

他人の携帯電話を握り締《し》めて、村田は珍《めずら》しく声を荒《あら》げている。

そこらの高校生が、アメリカ人相手に、流暢な英語で話しているのは凄い。しかし黙《だま》って聞いていると、どうにも汚《きたな》い言葉が多い。言ってはいけない四文字や排泄《はいせつ》物やらが頻繁《ひんぱん》に飛びだす。日本の高校生がどこでそんな俗語《ぞくご》を覚えてきたのだろうか。放送禁止音《ビー》の連発で聞き苦しい。

「おい、もっと美しい英語を使え。糞《くそ》とか腐《くさ》れとか言うんじゃない」

年長者の警告にも、弟の同級生はちらりと目を遣《や》っただけだ。

「何でもない。蚊帳《かや》の外にされてジュニアがちょっと苛《いら》ついているだけだよ。それより問題は僕がどうやって向こうに行くかだ。前回は渋谷の……有利だ、リトルのほう。彼の存在を要領よく手繰り寄せたら、案外簡単に移動できた。楽なものだったよ、彼は特別だし、魔力《まりょく》が強いから。彼自身が気付いていないだけで、有利はもう自分の力で往き来しているんだ。あらゆる条件とタイミングが合えば、自力でどうにかできるんだ。体力とか気力の充実《じゅうじつ》は必要だけどね。けど今回は深刻だ。どんなに彼の意識や魂《たましい》を摑《つか》もうとしても届かないんだ。僕の探知できる範囲内には、渋谷と思《おぼ》しき魂が存在しない。こんなのは初めてだ。人間の土地でもどうにか感知はできたのに。どんな強い障壁《しょうへき》に阻《はば》まれているのか、それとも本当に魔族の力の及《およ》ばない場所へ、唆《そそのか》されて行ってしまったのか」

「おい」

勝利の呼び掛《か》けなど聞きもせず、村田は電話に向かって否定の意味で首を振った。日本人だなと痛感する瞬間《しゅんかん》だ。

「向こうの魔族に属する物？　どうだろう……ああ一つだけ心当たりがある。鷲《わし》か鷹《たか》を象《かたど》った金の細工物だ。一番最初に有利が身に着けてた」

「おーい」

新作ゲームの予約特典のカレンダーが、メモ代わりに使われている。まあいいだろう、些細《ささい》なことだ。

「……うんメキシコ……その近辺だろうね。ロドリゲスの勤務地は把握《はあく》してるかい？」

我慢《がまん》ならずに客から携帯電話を引ったくり、勝利は教科書どおりの受験英語で捲《まく》し立てた。

「ボーブ、ロバート！　俺が行く方法も教えてくださいプリーズ。ヒーイズ俺のブラザーですよ。どう考えても俺が行かないのはおかしいだろが。有利は俺の弟だ。ここ数ヵ月連《つる》んでただけの俄《にわか》親友に、大事な兄弟を任せるわけにいかねーだろっ!?」

返事は質問に見合った堅苦《かたくる》しい言葉だ。

『残念だがショーリ、きみには無理だ』

何故《なぜ》と問い返す声が震《ふる》える。濃紺のプラスチックを握る手にじっとりと汗《あせ》が滲《にじ》んでいる。

『きみは純粋《じゅんすい》にこちらの存在だ。血も肉も、繰《く》り返し生きる魂も、本来地球にある要素だけでできている。太古の昔に分かち合った細胞《さいぼう》も、何世代、何十世代と生きる内に、限りなく純血に近くなる。先方に属する要素を持たない者は、多少の力では移動できない。強い、大きな力が必要だ』

「多少って……じゃあどれくらいの衝撃《しょうげき》があれば異世界とやらに行けるんだ。もの凄《すげ》え高い所から落ちればいいのか？　都庁とか、ランドマークタワーから。それとも爆弾《ばくだん》か。核《かく》か？　核兵器の爆発で吹《ふ》っ飛《と》ばされれば、有利のいる馬鹿《ばか》げた世界に行けるのか」

向こうで長めの沈黙《ちんもく》があった。背後の騒音《そうおん》はとっくに遠ざかり、電波の途切れかける不快な音が入るばかりだ。

「ロバート」

『……残念だが』

終了ボタンも押さないまま、携帯を床《ゆか》に叩《たた》きつけた。

4

　ノックもせず乱暴に扉《とびら》を開けると、船の主は弾《はじ》かれたように顔を上げた。光に透《す》けるほど淡《あわ》い金色の髪《かみ》が、白い頬《ほお》にかかっている。

「ユーリ？」

「サラレギー、自分のしてることが判ってるか⁉」

　僅《わず》かに顎《あご》を傾《かたむ》けて、薄いレンズ越《ご》しにおれを見詰《みつ》める。指をいっぱいに広げた華奢《きゃしゃ》な手を、膝《ひざ》の上に載《の》せている。椅子《いす》の脇《わき》には飾《かざ》りのない小瓶《こびん》が置かれていた。

「爪《つめ》に艶《つや》だし液を塗《ぬ》っていたところだよ。わたしの物で良ければあなたも使って。小さな怪我《けが》は旅に付き物でしょう。城の中でゆっくり過ごすのとは違うから、爪のひび割れにも気をつけないと」

「爪補強のマニキュア？　いやおれはピッチャーじゃないから……じゃねーだろサラ！」

「何を怒《おこ》っているのユーリ、わたしは何かあなたの気に障《さわ》ることをしたかな」

「神族の人達を！」

　後ろについていたヨザックかウェラー卿が、いいタイミングで扉を閉めた。

「神族の人々を、あんな酷《ひど》い目に」

先ほどの様子をまざまざと思い出す。

船倉から降りてきたおれたちを、黄金の瞳《ひとみ》は一斉《いっせい》に見上げた。頼《たよ》りない灯《あか》りでざっと数えただけでも、大人が百人はいただろう。隅《すみ》の方には甲板《かんぱん》で会った女の子が、調達した食糧《しょくりょう》を細かく切って配っていた。我も我もと次々に手がだされるが、胸に隠《かく》し持ってきた分だけでは到底《とうてい》皆《みな》には行き渡《わた》らない。それでも彼等は特に騒《さわ》ぐわけでもなく、貰《もら》えなかった者は悲しそうな顔で諦《あきら》めた。慣れているのだ。食べ物の足りない状態に。

小さい子供がいなかったのは幸いだが、成人だからって逃《に》げ出した国に連れ戻していいはずはない。しかもあんな、冷えて湿気《しけ》った船底という、旅をするには劣悪《れつあく》な環境《かんきょう》下で。

理由《わけ》あって難民になった人々を、保護もしないで強制送還なんて酷《ひど》すぎる。

「何考えてんだサラレギー、せっかく小シマロンにまで辿《たど》り着いた神族達を、匿《かくま》いもせずに聖砂国に突《つ》き返すなんて！」

小シマロンの少年王サラレギーは、おれの怒《いか》りの理由がさっぱり判《わか》らない様子だ。

「だって彼等は聖砂国の者だよ。自分達の生まれ育った国に帰してあげるのが一番幸せでしょう？」

「けどあの人達は、国から逃げてきたんじゃないか！　小さな船にぎっしり乗って。救助を求めて手を振《ふ》ってたけど、普通《ふつう》の遭難《そうなん》者じゃない。難民だろ？　おれも見たぞ、あのとき港にいたからなっ」

偶然《ぐうぜん》にも神族の子供二人を保護したのは内緒《ないしょ》だ。更《さら》にその男女の双子《ふたご》ゼタとズーシャが、おれ宛《あて》の手紙を持っていたのは極秘事項《ごくひじこう》だ。

「難民……そうか。そうかもしれないね」

あまりにのんびりとした反応に焦《じ》れて、おれは拳《こぶし》で壁《かべ》を叩いた。

「だったら！　だったら国に戻《もど》しちゃマズイだろう。迫害《はくがい》されたり、生命の危機を感じたりして亡命するんだからさ。それを助けもせずに聖砂国に帰しちゃったら、あの人達どんな目に遭《あ》うか判らないいんだぞ!?」

「そうなの？」

サラレギーは眼鏡《めがね》の中央に人差し指を当てて、羽根でも扱《あつか》うみたいに軽く押し上げた。薄紅色の唇《くちびる》は邪気《じゃき》なく微笑《ほほえ》んでいる。

「彼等は迫害されてるの？　知らなかった。ユーリは誰《だれ》からそう聞いたの？」

「……や」

問い返されて、言葉に詰まる。誰に聞かされたわけではない。港で救助を求める人々を眺《なが》め、保護した二人の様子を見て、おれが推測しただけだ。特に説明は受けなかった。だって、言葉が通じないのだから、詳《くわ》しい事情を聴《き》くのは不可能に近い。

「いや、別に、確かめたわけじゃないけど」

やろうとしても無理だったはずだ。

「それくらい、見れば判るだろ」

既《すで》に言い訳だ。急に自信がなくなる。彼等は生き延びるために故国を離《はな》れた難民で、小シマロンに保護を求めていたのだと思っていた。当たり前のようにそう信じていた。彼等について殆《ほと》んど何も知らないのに、当事者達に事実を確かめもせずに、勝手に決めつけていたのだ。

けれどサラレギーは違う。

彼は統治者としての教育を十七年間みっちり受けてきた人間だし、おれなんかよりもずっとこの世界の情勢に明るい。聖砂国の内情に関しても、おれたちよりずっと詳しいだろう。その彼を前にして、新前魔王《しんまいまおう》の自分が説教をしようとしているなんて。

「ユーリは凄《すご》いな」

だが、弱冠《じゃっかん》十七歳にして小シマロンを統率《とうそつ》する少年は、長い睫毛《まつげ》を数回瞬《またた》かせて溜息《ためいき》をついた。右掌《みぎてのひら》を胸に当て、左手をそっと上に重ねる。

「あなたは本当に凄いな。あなたの眼《め》はほんの小さな欠片《かけら》から、物事の深層を見抜《みぬ》いてしまう。ユーリは本当に、王になるために生まれてきたような人だ」

いきり立った揚句《あげく》、一方的に責めた相手に誉《ほ》められて、膝まで床《ゆか》に埋まったような気分だ。

「……そんな、奴《やつ》、いるわけない」

色の見分けられない瞳を細め、優雅《ゆうが》に首を振る。

「わたしがそう決めたんだ」

　確かに、ゼタとズーシャが携《たずさ》えてきたおれ宛の手紙には、自分達を助けてくれ等《など》とはどこにも書かれていなかった。ただ、ベネラという地名か人名を救って欲しいと、それが彼等の希望であるからとしか、知性の人フォンクライスト卿《きょう》ギュンターの頭脳を以《もっ》てしても解読できなかったのに。おれは勝手に想像を膨《ふく》らませて、神族の人々を難民だと決めつけてしまった。

　褒《ほ》められる資格なんかない。

　そんなことも知らずにサラレギーはおれの手を握《にぎ》り、熱っぽく語りかけてくる。

「彼等《かれら》は救命艇《てい》に乗った状態で発見されて、わたしの部下がいくら事情を訊《き》いても、話さなかったらしいんだ。心を許してくれなかったんだね。だからわたしは……きっと大陸近くの海で遭難して、救助を求めているのだろうと判断して、一刻も早く祖国に還《かえ》らせてあげようと思ったのだけど。憶測《おくそく》で物事を運んではいけないね。ユーリ、教えて欲しい。わたしは彼等をどうすべきだと思う？　彼等にとって最善の方法は何なのだろう」

「それは」

　喉《のど》の奥に苦いものがこみ上げてきた。心の底を覗《のぞ》かれているようで、段々呼吸がしづらくなる。まだ手は握られたままだ。

「……考えよう、一緒に」

　そう答えるしかない。

「こういうとき、あなたの国ではどう対処しているの？」

突然《とつぜん》サラレギーが、顔をぐっと近づけてきた。レンズ越しなので色は定かではないが、瞳はキラキラと輝《かがや》いている。

「対処？」

「難民だよ。周辺諸国から難を逃《のが》れて来る民《たみ》が、眞魔国にもたくさんいるのでしょう？ ユーリ、あなたたちの国ではどういう制度があるのか、よければわたしに教えてほしいんだ」

「制度って……」

そういう方面はフォンクライスト卿に任せっきりですなんて、とても言える雰囲気《ふんいき》ではなかった。実のところギュンターは更にフォンヴォルテール卿に丸投げですなんて、益々《ますます》もって言えやしない。眞魔国の場合の実情は、おれより周りの皆さんのほうが詳しい。

何てことだ、王を名乗る人物が自国について何も知らないなんて。おれのへなちょこぶりときたら、百万回罵《ののし》られても反論できないくらいだ。

「考えてみりゃあ、オレ自身が生きた見本ですかねぇ」

お庭番の存在意義は身辺警護ばかりではないとばかりに、ヨザックが援護《えんご》してくれた。

「ほら、魔族と人間、両方の血を引いているオレは、どっかの人間至上主義国家で、這《は》いつくばってるのを拾ってもらったわけだし。ね？」

最後の「ね」が誰に向けて発せられたものなのかは判らない。

「それに坊《ぼっ》ちゃ……陛下は、某国《ぼうこく》への留学期間がとても長かったから、眞魔国の慣例を手っ取り早く説明するのは苦手なんですよね。留学先ではどうだったんです？　そちらのいい部分をうちに導入するために、なっがいこと向こうで過ごしたんでしょ？」

「うーん、あっちでは」

あっち、つまり地球ではどうしているのだろう。おれが彼等の立場を断定したのは、鮨詰《すしづ》めになった小舟《こぶね》で助けを求める光景を目にしたせいだった。よく似た映像をテレビで何度も見ている。砂漠《さばく》を横断してキャンプに辿り着く人達や、壊《こわ》れかけた船で命懸《いのちが》けの旅をする人達だ。彼等はあの後、どうなるのだろう。どんな運命が待ち受けているのだろうか。

「海外では、受け入れてそうな気がするなぁ。でも制度としてどうかって言われると」

アメリカは人種の坩堝《るつぼ》とか移民の国なんて呼び方をするけれど、移民と難民では立場も違《ちが》うだろうし。日本では……。

足元を見詰《みつ》めたくなった。座り込んで床板《ゆかいた》の木目に沿って、人差し指でただただ、のの字でも書いていたい。

「……あまり、建設的な話を聞かないよ」

ヨザック、親切心を生かせなくて本当にすまない。

「でっ、でも、事情が判らなかったから聖砂国に連れ戻すったって、あんな環境での長旅は許されないと思うぞ。磯臭《いそくさ》い船底に乗車率オーバーで詰め込むなんて。ああ船だから乗船率か。

女の子なんかこんな寒いのに上着もなかったし。服くらい貸してやれよ。それと朝晩たっぷり食わせてやれよ！　食糧《しょくりょう》と毛布は全員分渡せ、基本的人権とかに関《かか》わるだろ⁉」

「基本的、人権……？」

サラレギーはたどたどしく繰《く》り返した。初めて聞く用語だと言わんばかりに。

「だってユーリ、彼等は奴隷《どれい》だよ」

「ど……」

もう駄目《だめ》だ、文化的ギャップについていけない。血液が急に動いて立ち眩《くら》みがした。おれの貧困な脳内アーカイブにおける奴隷制度知識は、歴史の資料止まりだ。大航海時代にヨーロッパ諸国がアフリカ大陸から人々を無理やり連れてきて人にあらざる扱いをして労働力に……。

「奴隷って……今、何年よ。奴隷制度が廃止《はいし》されてどれだけ経《た》ってるよ。イヤ待テ、発展途上《とじょう》中の紛争《ふんそう》地域では未《いま》だに公然と人身売買が……まずい、段々ごっちゃになってきた」

脳味噌《のうみそ》の回転率を上げすぎて、オーバーヒートしそうになった。背後にぐらりと倒《たお》れかかる。ヨザックの胸に後頭部がぶつかった。

「坊ちゃん頑張《がんば》れー、ガンバレ坊ちゃーん」

頑張っては、います。全力で頑張ろうとはしているが、次々と新たな困難が立ち塞《ふさ》がるものだから、瞬間《しゅんかん》的にちょっとへこたれ気味だ。まったく異世界というのはどうしてこう、解決の

難しい問題ばかりが持ち上がるのだろう。

「悪ィ、サラ、おれの住んでる国にそういう制度ないし、今まで奴隷のいる国に行ったことないんだけど。だからちょっと説得力に欠けるかもしんないけど。でも奴隷だからって酷《ひど》い待遇《たいぐう》におくのは、どう考えても間違《まちが》ってる気がするぞ」

「奴隷がいないって、本当に⁉」

サラレギーが心底驚《おどろ》いた声で言った。綺麗《きれい》な指先を唇《くちびる》に当てている。

「汚水《おすい》処理なんかは誰《だれ》がやるの？」

「あー、それはですねェ」

振《ふ》り向くとヨザックが遠い目をしていた。

「下《した》っ端《ぱ》兵士が」

「では危険を伴《ともな》う灌漑《かんがい》工事や、過酷《かこく》な環境《かんきょう》下での開拓《かいたく》作業は？」

「それも下っ端兵士が。なーんだ、眞魔《しんま》国における下っ端兵士って、人間以下の扱《あつか》いだったんだなぁ」

ずっと黙《だま》り込んでいたウェラー卿が、苦々しい口調でヨザックを遮《さえぎ》った。

「嘆《なげ》くな。訓練も出世もさせていただろう」

「そりゃそーだけど」

当時の上下関係を匂《にお》わせる会話だ。

「とにかくね、サラレギー、奴隷だからとか貧乏《びんぼう》だからとか、身分や貧富の差は関係なく、人間には平等に人間らしく生活する権利ってものが……いきなり言っても通じないかー。手っ取り早くいえば、腹減って食べるパンにも事欠いて、台所から盗《ぬす》ませるような生活させちゃ駄目ってことさ」

「え、どうして？　麺麭《パン》がないの？　だったら」

十六年間に亘《わた》る人生において、まさかこの有名な台詞《せりふ》を生で聞く羽目になろうとは思いもしなかった。サラはそれこそサラリと言ってのけた。

「お菓子を食べればいいじゃない」

おれはがっくりと床に這った。両掌《りょうてのひら》にささくれ立った木が触《ふ》れる。周囲が真っ暗になり、天井《てんじょう》から落ちてくる淋《さび》しい色のスポットライトが、自分だけを照らしているような気分だった。

おれがへなちょこ魔王なら、サラレギーは超《ちょう》・王様だ。パンがないならケーキを食べればいいじゃない主義。まさしく生きたマリー・アントワネット。

「ま……マリー様」

「陛下、よかったら使って」

腰《こし》を折ったヨザックがレースのハンカチを渡してくれる。

「ありがとうグリ江《え》、ボクもう疲《つか》れたよ……なんだかとっても眠《ねむ》……いや待て。この揺《ゆ》れは何だ？」

床板についている両手と膝頭《ひざがしら》から、波の仕業《しわざ》ではない細かい震動《しんどう》が伝わってきた。すっかり慣れた海の旅の緩《ゆる》やかな揺れではない。もっと強く、電動モーターにも似た「ぶれ」だ。

「海流だ」

「巨大《きょだい》タコだ！」

船の主である小シマロン王サラレギーと、ベテラン兵士のヨザックが同時に予想した。

サラが表情を硬くして語りはじめる。

「聖砂国の近海には季節ごとに形態を変える海流があるんだ。だから一年を通して決まった時期にしか海を越《こ》えられない。今年は残り数日の予想だったから、ギリギリ通過できるかと踏《ふ》んだのだけど。海原《うなばら》という自然界のことだからね、もしかしたら潮流の進行が早まったのかもしれない」

よく解《わか》らないけど鳴門《なると》の渦潮《うずしお》みたいなものか。最初は手と足にしか感じられなかった震動が、徐々《じょじょ》に大きくなってきた。潜水艦《せんすいかん》でも接近して来るような揺れだ。テーブルの上に置かれた瓶《びん》が、カタカタと音をたてて中身を零《こぼ》す。

「最悪の場合、どうなるんだ」

「確かなことは言えないよ。わたしだって赤ん坊《ぼう》の頃《ころ》に体験したきりだ。ただ、流れにまともに巻き込まれたが最後、熟練した船乗り達でも無事に脱出《だっしゅつ》するのは至難の業だと聞いている。経験のない貨物船の操舵手《そうだしゅ》では、どう足掻《あが》いても聖砂国には辿《たど》り着けない。それどころか難破する可能性も……」

「まだ大ダコの線も残ってますよ！　白くてデカくて足が十本ある、皮は固いけど肉は軟《やわ》らかい奴《やつ》だ」

それ既《すで》にタコではないのでは？　お庭番はイカにも嬉《うれ》しげに唇を舐《な》め、腰に帯びた剣《けん》に指をかけた。

「ちょうど良かった、今食べたいもの第一位がタコテンです。創作料理に挑戦《ちょうせん》したいお年頃の若奥様になりきって、足を一本二本ぶった斬《ぎ》ってきますから。レッツゴー血に飢《う》えた若奥様」

「割烹着《かっぽうぎ》で言われると迫力《はくりょく》が違うなぁ」

船室の外が俄《にわか》に騒《さわ》がしくなる。扉《とびら》を開け放つと、初めての緊急《きんきゅう》事態に慌《あわ》てふためいた船員達が、広いデッキを右往左往していた。

「……日数的には、まだ遭遇《そうぐう》しないはずだったんだ」

らしくない憎々《にくにく》しげな声に驚いて隣《となり》を見ると、サラレギーが花びら色の薄《うす》い唇を噛《か》んでいた。

自分の計算が少しだけずれたのが、余程悔《よほどくや》しかったのだろう。

「思いどおりにならないときもあるよ、サラ。相手は自然なんだからさ」

「何であろうと……ッ」

細く美しい指を握《にぎ》り締《し》める。先程手入れをしたばかりの艶《つや》めく爪《つめ》が、白い肌《はだ》に食い込んだ。

「思いどおりにならないものは許せない」

挫折《ざせつ》ばかり味わってきたおれには、とても持てない怒《いか》りの感情だ。

汚《よご》れた毛布でぐるぐる巻きにした長い物を、アーダルベルトは床に放りだした。芋虫《いもむし》状に転がった荷物から、か細い呻《うめ》き声が漏《も》れる。

「ほらよ、ご希望の品だ」

「礼を言います、義父《ちち》に成り代わって」

「存分にやれや。どうせ死にやしねえから」

広々とした艦長《かんちょう》室では、フォンクライスト卿《きょう》・子世代・ギーゼラが腰に手を当てて、冷たい視線で毛布巻きを見下ろしていた。血の気がなくとても顔色が悪いが、ここにいる人々の中で最も体調がいいのは彼女だ。長期に渡りカロリア復興に尽《つ》くした後だったので、場所柄、魔力は使えなくても、身心共に充実《じゅうじつ》している。

その義父であるフォンクライスト卿ギュンターはというと、一瞬《いっしゅん》とはいえ燃やされかけ、しかも海に落ち、そのうえ法術酔《よ》いという三連発ですっかり体調を崩《くず》し、隣室《りんしつ》のベッドで撃沈《げきちん》していた。同じ目に遭《あ》ったフォンビーレフェルト卿ヴォルフラムはそれなりに回復し、日常生活に支障がない。八十二歳、若さの勝利だ。

眞魔国要人の一部が集まっているのは、鮮烈《せんれつ》の海坊主《うみぼうず》ことサイズモア艦長の「うみのおともだち号」だ。サラレギー軍港で軍事政変が勃発《ぼっぱつ》した際には反対側の港に停泊《ていはく》していたが、第一報と同時に現場に駆《か》けつけたのだ。うみのおともだち号とその仲間達の迅速《じんそく》な行動のお陰《かげ》で、巻き添《ぞ》えを食って海に投げだされたギュンターも、胸に矢が突《つ》き刺《さ》さったヴォルフラムも事なきを得た。緊急時に的確な判断を下したサイズモア艦長をいくら褒《ほ》めても褒め足りない。少ない頭髪《とうはつ》が減るほど撫《な》でても撫で足りない。

そのヴォルフラムと、カロリアから急遽《きゅうきょ》駆けつけたギーゼラの他《ほか》に、戸口に寄り掛《か》かるようにして、芋虫状の荷物を運んできたアーダルベルトがいる。最悪の組み合わせに近かった。

魔族似てるといっても過言ではない三兄弟の三男坊であるヴォルフラムと、彼等を、ひいては国を裏切ったフォングランツ・アーダルベルトは、顔を合わせた途端《とたん》に一悶着《ひともんちゃく》あった。冷めた態度のアーダルベルトはまだしも、ヴォルフラムに至っては抜《ぬ》き身《み》の剣で襲《おそ》いかかる始末だ。肉体の魔術師《まじゅつし》ギーゼラが「おとなしくしないと両者とも全身を麻痺《まひ》させる」と断言しなければ、血を見る事態になっていたはずだ。

ちなみにその間、「いつでもどこでもダカスコス」は、部屋の隅《すみ》っこでただただ怯《おび》えていた。開きっ放しだった扉の外には、少し距離《きょり》を置いて人だかりができている。うみのおともだち号の乗員達だ。小鳥の雛《ひな》みたいなぽやっとした頭頂部も、参加したそうに人垣《ひとがき》の向こうで飛び跳《は》ねている。あれがサイズモア艦長だろう。

「んぷは」

毛布巻きの中から酸素を求めて顔を出したのは、かつては優秀《ゆうしゅう》な小シマロン軍人であり、サラレギーの忠実な犬とまで呼ばれた人物だった。ナイジェル・ワイズ・マキシーン。小シマロン軍に刈《か》り上げポニーテールを流行《はや》らせた男だ。

ユーリの杖《つえ》だった喉笛《のどぶえ》一号に寄りかかったままで、ヴォルフラムが転がった男を指差す。

「こいつだ！　こいつがぼくとユーリを撃《う》たせたんじゃり！」

病《や》み上がりで声も嗄《しわが》れ、語尾《ごび》もジャリってて痛々しい。

「うっ、キサマ、あの時の魔族の……一体何故、魔族がサラレギー様のマントを身に着け、いつもあの御方が立たれる位置に陣取《じんど》っていたのだ!?」

「それはこっちが訊《き》きたいじゃり！　正式な特使団として渡《と》シマしていたぼくらを狙《ねら》えば、どんな大事になるか考えなかったのか」

「違《ちが》うぞ私は……」

「どちらにしろ」

膝《ひざ》をつき身を屈《かが》めたギーゼラが、彼女特有の青白い手でマキシーンの顔を持ち上げる。普段《ふだん》なら傷を癒《いや》すための優《やさ》しい指が、無精髭《ぶしょうひげ》の生え始めた頬《ほお》に食い込んだ。

「キーナンに逃《に》げられた今、この野郎の身体《からだ》に訊くしかありません。あら失礼、この男のお口にでしたね。確かマキシーンさんといいましたね。あなたがた小シマロン軍内部の異端《いたん》分子は、何故わたしたちの陛下に矢を放ったのですか？　もし陛下ではなく、少年王サラレギーを亡《な》き者にしようと企《たくら》んだのなら、その目的はどこにあったのですか。さああまり手間を取らせずに、ツルッと喋《しゃべ》っておしまいなさい」

口元が不敵に歪《ゆが》んでいる。良くない兆候《ちょうこう》だ。普段から愛の怒声《どせい》に揉《も》まれ慣れている兵士達は、背筋を伸《の》ばして受け身の体勢に入った。くる。きっとくる、きっとくる、覚悟《かくご》をしろ。

「ふん、聞きだせるものならやってみるがいい。拷問《ごうもん》など既にされ尽くした後だわ」

「……拷問だとー？」

癒しの人、ギーゼラの眦《まなじり》が吊《つ》り上がった。腹から発する声が野太くなる。これが我等の眞魔国軍医療《いりょう》従事者名物、軍曹《ぐんそう》モードだ。

「よく聴《き》け、人間！　虐待《ぎゃくたい》を始めとする古典的で野蛮《やばん》な尋問《じんもん》方法には、我々魔族の医療部隊は否定的だ！　もっとも人間は未《いま》だに情報収集の有効な手段として、しばしば拷問をするそうだがな！　爪を剝《は》がし目を抉《えぐ》り、股間《こかん》のぶなしめじ切り落とーすッ！　どうしたお前等、何を内《うち》股《また》になっている？　ぶなしめじに心当たりがあるとでも言うのか!?」

人垣の向こうでひょこひょこしていた小鳥の雛頭と、頭部輝《かがや》く厨房《ちゅうぼう》見習いダカスコスが、右手と首を必死で振《ふ》って否定した。ないない。

「いいか、臆病《おくびょう》者の兵士崩れ。我等眞魔国医療軍団は、そのような原始的な手など使わん！　これからの医療は科学と頭脳と気合いだッ！　肝《きも》に銘《めい》じておけ、馬の尻尾《しっぽ》頭め」

ほぼマンツーマン軍曹モードの迫力に、マキシーンの小さい肝っ玉は縮み上がる。

「例えばここに、フォンカーベルニコフ卿アニシナ女史が試作した新薬・マージョルノキケーン、Ｉ液とII液があーる！　どうだ愚図《ぐず》ども、フォンカーベルニコフ卿アニシナ女史は恐《おそ》ろしいかっ⁉」

問いかけに部屋の外の兵士達が叫《さけ》ぶ。習慣で全員が直立不動だ。

「恐ろしいであります軍曹殿《どの》ッ」

「では毒女アニシナとお前等の上官ではどちらが恐ろしいかーっ⁉」

「もちろん軍曹殿であります軍曹殿ッ！」

「このウズラボンバヘッドのおべっか使いめが！　そういうときは敵に花を持たせてやるものだぞ！　まったく、四角い顔して味はまろやかな連中揃《ぞろ》いときてやがる」

「はっ、座布団自主返却《へんきゃく》であります軍曹殿ッ！」

部下に悪態をつきながらも、ギーゼラはすこぶる上機嫌《じょうきげん》だ。

「相変わらずだな、軍曹殿……」

アーダルベルトが割れ顎《あご》を掻《か》きながら呟《つぶや》いた。ギーゼラの真の姿に接してまだ間がないヴォルフラムも、鬼《おに》軍曹の剣幕《けんまく》に壁《かべ》まで後退《あとじさ》りしている。彼女に逆らわなくて賢明《けんめい》だった。

「さて、そこでだ」

ギーゼラは縦に細長い茶色の小瓶《こびん》を握った。

「この、毒女アニシナ作の新薬だ」

製作者の名前を聞いて、マキシーンは早くも顔色を変えている。

「ど、毒なのか？　毒女作というからには毒なんだな⁉」

「ふんぬ」

剛力自慢《ごうりきじまん》っぽい掛け声で、ギーゼラはマキシーンの顎をこじ開けた。緑色のI液を無理やり流し込むと、顎関節《がくかんせつ》を押し上げて口を閉じる。頬骨を固定したままで、鷲掴《わしづか》みにした頭部を猛《もう》烈《れつ》に振った。

「吐《は》かぬなら、吐かせてしまえ、力ずく。さあ吐いてしまえ、狙撃の目的をな！」

「ふんがくっくふんがっくっく」

前後左右にポニーテールが揺《ゆ》れる。

I液がマキシーンの口内で充分《じゅうぶん》にシェイクされ、口から漏れた薄緑《うすみどり》の泡《あわ》が、軍人らしく刈り込んだ髭を伝う。続いてギーゼラは横長の小瓶を摘《つま》み、午後の太陽に掲《かか》げてみせた。

「そしてここに、血かと見紛《みまが》う赤のII液がある。I液を飲んだ後、一定時間以内にII液を飲みさえすれば……」

「の、げふー、飲みさえすればどうなんだ⁉　げふー。果たしてそれは混ぜると危険なのか、それともII液が解毒剤《ざい》になっているのかどっちなんだげふー⁉」

「それを知りたくばとっとと吐いてしまうことだ。因《ちな》みに取扱説明書にはこう明記されているぞ。アニシナの半分は優しさでできています……けっ」

ギーゼラは説明書を投げ捨てた。

「どう優しいのかなー、どう優しいのかなー」

緊迫《きんぱく》した空気に耐《た》えかねて、ダカスコスが背後に倒《たお》れた。マージョルノキケーンを服用してもいないのに、口から泡を吹《ふ》いて白目を剝《む》いている。それを横目で眺《なが》めながら、場で唯一《ゆいいつ》の反魔族派であるアーダルベルトまでもが言う。

「なあ、早く楽になっちまえよマキシーン。これ以上の犠牲者《ぎせいしゃ》が出る前にな。義理立てする相手ももういねえんだろ?」

「ばばば馬鹿《ばか》なことを言うな！　この程度の脅《おど》しで屈服《くっぷく》するナイジェル・ワイズ・マキシーンでは……なにょっ⁉」

部屋の外の人垣にまで被害者《ひがいしゃ》が出始めた。ギーゼラの気迫と待ち受ける恐ろしそうな結末に耐えきれず、豪快《ごうかい》な音と共に床《ゆか》に倒れてゆく。

「な、マキシーン。お前にも親兄弟がいるんだろ?　あんまり悲しませるもんじゃねぇぞ。泣いてくれるお袋《ふくろ》さんのためにも、全部喋っちまってきちんと罪を償《つぐな》え。後でカツ丼《どん》とってやるから」

マッチョのくせにホロリとさせやがる。落《お》としのアーダルベルトだ。

「我々は構わんぞ。お前のような腐《くさ》れ根性《こんじょう》無しのヘタレヒゲがどこまで意地を張っていられるか見ものだ。何だったらカロリアの街中《まちなか》に放置してやってもいい。あそこの連中はお前を憎《にく》んでいるからな。藪蚊《やぶか》の足よりも細い神経を鍛《きた》え直してくれるだろう」

……脅《おど》しのギーゼラだった。

「あ、そういえば」

沈黙《ちんもく》は金とばかりに静かにしていたヴォルフラムが、たった今思いだした様子で顔を上げる。

「最近妙《みょう》に、母上が鞭《むち》の練習に励《はげ》んでいるんだ。美熟女、何だったかな、美熟女戦士ツェツィーリエ、次にまとめてお仕置きよ？　とか決め台詞《せりふ》を呟きながら。またあのおヒゲのコと遊びたいわーなんて言って……」

「ひょぃぃぃー」

自分が壊滅《かいめつ》させた都市の名前よりも、美熟女戦士の鞭のほうが効果的だったようだ。マキシーンは傷のある頬を引きつらせ、充血した眼《め》に新たな涙《なみだ》を浮《う》かべながら懇願《こんがん》した。

「い、言う。言う言う言う！　何でも話すからあのケバい女だけは勘弁《かんべん》してくれ！」

「ケバ……失礼な男だな！　若作りと言え、若作りと」

息子《むすこ》って容赦《ようしゃ》ないな、と男達は斜《なな》め下を見た。

「胡乱《うろん》な理由であっても白状する気になったのなら幸いです。さあ、では話してもらいましょうかナイジェル・ワイズ・マキシーン。いったい何故あなたは陛下とヴォルフラム閣下を射《う》たせたのですか？」

刈りポニは咳払《せきばら》いをしてから答えた。虚勢《きょせい》を張ってはいるが髭先が震《ふる》えている。

「此度《こたび》に限っては魔族の小僧《こぞう》など狙ってはいない。確かにあの双黒《そうこく》の魔族には何度も煮《に》え湯を飲まされているが、今回は特使団による公式訪問だ。公《おおやけ》に訪ねてきている客人を暗殺すれば、その後の我が国の立場が危《あや》うくなるばかりだ。我等の標的は……」

元小シマロン軍人は言葉に詰《つ》まり、苦しげに長い息を吐いた。

「……サラレギー陛下とその腹心だった。こちらこそ訊《き》きたいくらいだ。なにゆえサラレギー陛下のお召《め》し物を身に着けた魔族が、旗艦《きかん》のあの場所に立っていたのか」

「薄水色のマントか？　あれはあのサラとやらがユーリに渡《わた》した物だと聞いたぞ。日差しや潮風から身を守るようにと。それをぼくが取り上げたんだ」

フォンビーレフェルト卿《きょう》の整った眉間《みけん》に、皺《しわ》が一本刻まれた。長兄に負けないくらい深くなる。

「操舵手《そうだしゅ》の後ろに居たのだって、出航するまでここで見ていると大迫力《はくりょく》だと、船旅の仕来《しきた》りで醍醐味《だいごみ》だって、ユーリは誰《だれ》かに聞いたみたいで……」

「そいつを吹き込んだのも恐らくサラレギーって奴《やつ》だろうな。その小シマロンの王サマとかいう奴は、自分の服を黒髪《くろかみ》の小僧に着させ、テメェのお気に入りの場所に立たせておいたわけだ……なかなか小賢《こざか》しいガキだな。暗殺を企《くわだ》ててる連中のことを知っていたとしか思えねえだろ。まあつまり、謀叛《むほん》の情報筒抜《つつぬ》けだったたってことだマキシーン」

「その上、射手はキーナンだったそうですね」

　どうやら癒《いや》し系女性士官に戻《もど》ったギーゼラが、かつて義父《ちち》の部下だった男の名前を口にした。小シマロンへの旅の途中で出奔《しゅっぽん》したキーナンには、ウェラー卿の左腕盗難の嫌疑《けんぎ》もかかっている。

「彼は眞魔国随一《ずいいち》の弓の名手です。事情があって隊からは外されていましたが、キーナンならばどんな的でも確実に射貫《いぬ》く。彼が小シマロンに渡った理由は察しがつきますが……」

「なんだ、何故ぼくに話さなかった？」

「わたしもフォンクライスト卿に聞いて初めて知ったのです。理由はともかく、キーナンは我が国を裏切り、しかも危険な物を持ち出して小シマロンに亡命した。シマロン軍にとってみればこれ以上の幸運はありません。使える駒《こま》が自分から飛び込んできたのですからね。射手が決まって嬉《うれ》しかったでしょうナイジェル・ワイズ・マキシーン？」

「ああ」

「小躍《こおど》りしましたか？」

「それは別に」

　白状しはじめたマキシーンを覗《のぞ》き込み、アーダルベルトが口を開《ひら》いた。

「だが、公式訪問中に他国の王を暗殺されては、小シマロン王の立場が悪くなるんじゃねーか？　自軍の統制もとれないとあっちゃあ諸国間での評価もガタ落ちだろう。謀叛の情報を握《にぎ》っているのなら、未然に防ぐほうが余程《よほど》簡単だったろうに。何しろ首謀者《しゅぼうしゃ》が」

水陸両用の頑丈《がんじょう》なブーツの底で、芋虫《いもむし》巻きの身体《からだ》を容赦なく蹴《け》る。

「もきゅ」

「この間抜けな男だぜ？　おい、海豹《あざらし》みてーな悲鳴あげるなよ」

「反逆者を一掃《いっそう》するには、実際に事を起こさせてみるのが最も確実です。平時に一斉《いっせい》検挙したとしても、必ず地下に潜《もぐ》った一部は逃《に》げ延びる。けれど軍事的な組織であれば、蜂起《ほうき》する際に残る者は臆病《おくびょう》だと思われるでしょう？　それに……確かにキーナンだったのですねヴォルフラム閣下？」

三男坊《ぼう》は渋《しぶ》い表情で頷《うなず》いた。ギーゼラの弁が自分よりずっと勝《まさ》っていたからだ。医療《いりょう》に専従させておくのが惜《お》しい程だ。

「うまい作戦です。射手が魔族の者であれば、魔王《まおう》陛下が……口にしたくもありませんが……巻き込まれて亡《な》くなられた場合でも、魔族内部での争いだと諸外国に弁明できる。自分の命を守り、同時に我々の陛下の御命《おいのち》を狙《ねら》う。成功しても咎《とが》めは最小限で済むし、失敗すれば国内の反対勢力を掃討《そうとう》できる。どちらに転んでも損にはならない。保険です。保険まで考えるほど、余裕《よゆう》があったということですよ。サラレギーは最初から陛下を」

誰にともなく、何度も首を振《ふ》っている。敵の謀略《ぼうりゃく》に感心しているのだろう。ヴォルフラムの白い頬《ほお》に、たちまち血が上った。

「あのガキ、あんな取り澄《す》ました顔してユーリに近付いておきながら……っ！」

「お待ちくださいヴォルフラム閣下、どちらへ行かれるおつもりですか」

「助けに行く」

「何処《どこ》へ」

「何処へでもだ！　聖砂国、ぼくも聖砂国に向かうぞ。こんなことしている場合ではない。ユーリを助けに行く。あいつはぼくがいなくちゃ駄目《だめ》なんだからな」

「落ち着いて、閣下」

無礼と知りながらギーゼラは、先代魔王の三男坊の腕《うで》を摑《つか》んだ。

「お忘れですか、聖砂国は神族の地です。法力の強い者が山程いる。土地自体も眞魔国を有する大陸や、今いる人間の大地とは違《ちが》うのですよ？　魔力の強い者が向かったところで、足手まといになるだけです」

彼女の言葉どおりだ。自分とギュンターはなまじっか魔力が強いばかりに、シマロン内でさえろくに使いものにならなかった。だからといって安全な場所で、指を銜《くわ》えて待ってはいられない。

「引き留められて黙《だま》るぼくだと思うか？」

ゆっくりと首を振る。三つ編みにした髪が背中で揺《ゆ》れた。

「いいえ」

「だったらその手を離《はな》せ」

「お一人で部屋を飛び出される前に、なさるべきことがあると思います」

息を吹き返したダカスコスが体を起こし、毛がない頭部を掌《てのひら》で擦《こす》っていた。戸口の人垣《ひとがき》を掻《か》き分けて、やっとサイズモア艦長《かんちょう》が顔を覗《のぞ》かせた。汚《よご》れた毛布でぐるぐる巻きにされた刈《か》りポニが、縄《なわ》を解こうとやっきになって身を捩《ねじ》る。真面目《まじめ》に持ち場に就《つ》いていた船員達が、小型船の到着《とうちゃく》を大声で告げる。カロリアからの助《すけ》っ人《と》達が着いたようだ。隣室《りんしつ》で派手《はで》な音がして、揃《そろ》った木目の壁《かべ》が軋《きし》んだ。ギュンターがベッドから転げ落ちたらしい。

ヴォルフラムはずっと尊敬していた人達を思い浮かべ、新しい王の名前を呟《つぶや》いた。強《こわ》ばった指を解《ほぐ》すように、右手を二回、握り直した。それから口を開いた。

「追跡《ついせき》隊を編成する」

「陛下を小シマロンの手に渡してはならない」

5

台風で荒《あ》れ狂《くる》う日本海。

九月頃《ころ》にテレビで視《み》るのと同じ光景が、目の前に広がっていた。違うのは、おれ自身が船に乗って、嵐《あらし》の真《ま》っ直中《ただなか》にいるってことだ。嵐といっても空は青い。雲の流れが多少速いとはいえ、冬の澄み切った高い空がどこまでも続いている。風もそう強くはなかった。

なのに波だけがうねり、渦巻《うずま》き、ぶつかり合っている。船縁《ふなべり》を舐《な》めるように上った横波が甲《かん》板《ぱん》を薙《な》ぎ払《はら》い、頭上から襲《おそ》いかかってくる高波が帆柱を折った。

巡航《じゅんこう》していた護衛艦《ごえいかん》が、荒《あら》い潮流に阻《はば》まれてみるみるうちに遠くなってゆく。

空と海を交互《こうご》に見比べると、天国と地獄《じごく》を見ているような錯覚《さっかく》に陥《おちい》った。

「タコじゃ……ないよな」

「もちろん違う。聖砂国の大陸周辺には、天然の防壁とも呼べる特殊な海流がある。この地域の海が凪《な》いでいるのは年に十数日だけだ。その期間を逃《のが》したら、どんなに腕のいい水先案内人でも彼《か》の国には近づけない。目に見えない、けれど絶対に突破《とっぱ》されることのない城壁《じょうへき》を持っているようなものだよ。だからこそ何千年も鎖国《さこく》状態を維持《いじ》できたんだ」

水飛沫《みずしぶき》でずぶ濡《ぬ》れになりながら、おれたちは操舵室《そうだ》に移動した。洒落《しゃれ》にならないくらい船体が傾《かたむ》くので、キャビンの壁に付いた手摺《てす》り伝いにそろそろと進む。昔なつかしい遊園地によくある、フライングパイレーツに乗っている気分だ。

塩水で手を滑《すべ》らせたサラレギーが、斜《なな》めになった床《ゆか》で転びかける。

「危ないサラ！」

おれが手を伸《の》ばすより先に、ウェラー卿《きょう》が彼の細い肩《かた》を掴んで引き寄せていた。そうだった、あまりに華奢《きゃしゃ》で儚《はかな》そうなので、ついついお節介《せっかい》を焼きたくなってしまうが、素人《しろうと》のおれが心配するまでもなく頼《たよ》りになるボディガードが付いているのだった。

一方こちらの身辺警護役は、右手を目の上に翳《かざ》し、遠くを眺《なが》めている。

「残念、巨大《きょだい》タコ斬《き》りをお見せできそうにない。ってあー判《わか》ってますよ、タコじゃないってんでしょ。これが聖砂国名物の海流だって仰《おっしゃ》りたいんでショ？」

「どうでもいいけどヨザック、そんな端《はじ》っこに立ってると危ないから！　早く戻《もど》れ、こっちに戻れってば。いくらあんたの上腕《じょうわん》二頭筋が立派でも、波に攫《さら》われたら掴まるとこないから」

「ひどいわ、陛下ったらオレの身体《からだ》だけが目当てだったのね」

どちらがボディガードか判りゃしない。

船室の入口まで退却《たいきゃく》してきたヨザックは、おれだけに向けて難しい顔をしていた。

「……護衛艦が肉眼で確認《かくにん》できなくなった。二隻《せき》ともです。沈《しず》んだわけではないだろうけど、かなり離れてしまいましたよ」

「それはつまり……どういうことだ？」

「丸腰《まるごし》で敵地に乗り込む羽目になったってことです」

成程《なるほど》、彼みたいな生まれついての兵士は、身を守る剣《けん》もないのを不安に感じるのだろう。けれどおれたちは平和外交使節団だ。平和外交を唱える者が、大袈裟《おおげさ》な装備で固めてたら本末転倒《てんとう》だろう。護衛艦が難破していないことは祈《いの》るが、身近にいなくても構わない。

「それもこれも自分達が無事に聖砂国に着いてからの話だよ。とにかくなんとかしてこの難所を切り抜《ぬ》けないと、このままじゃ海の藻屑《もくず》になっちまう」

船のコントロール中枢《ちゅうすう》も案の定水浸《みずびた》しだった。舵輪《だりん》にしがみついていた船員三人は、全体重を掛《か》けて船体を真《ま》っ直《す》ぐに保とうとしている。横倒《よこだお》しにならないように、タイミング良く大波を乗り越《こ》えなければならない。

「花形操舵手は誰《だれ》だ!?」

板前の世界みたいな呼ばれ方だ。サラレギーの声に、髪《かみ》の色が一番濃《こ》い男が振り向いた。

「自分です、陛下！　ですができれば船室のなるべく奥で、柔《やわ》らかい物に寄り掛かっていて欲しいです！」

サラレギーは衝撃《しょうげき》で飛ばされないように眼鏡《めがね》のフレームを押さえながら訊《き》いた。

「この海域を通った経験は？」

花形は眉《まゆ》を上げ両目を丸くして、虚《きょ》を突《つ》かれた顔をした。

「もちろんありません、陛下」

「船長はどうだ」

「ございません、陛下。聖砂国に近付こうなんて、国雇《やと》いの貨物船は考えもしません」

少年王は舌打ちし、わたしだけか、と呟いた。おれには何が彼だけなのかは判らない。誰か聞いたかと皆《みな》を見回すが、船員達は舵輪を固定するのに必死だ。とても耳には入るまい。おれは思わず拳《こぶし》を握りしめて、言っていた。

「頑張《がんば》ってくれ、とにかく頑張ってくれよ。協力できることがあったら何でもするから、遠慮《えんりょ》しないで言ってくれ」

花形の右側で唸《うな》っていた小柄《こがら》な男が、食いしばった歯の間から軋《きし》んだ声を漏《も》らした。

「ありがとうございます……ですが、お客人方は、どうか安全な船室にいらしてくだ……」

人の動く気配がしたのでふと振《ふ》り返ると、ウェラー卿が部屋を出ていくところだった。髪も肩も大シマロン軍服の背中も、びっしょり濡れて色が変わっている。

「どこへ……」

「船室に戻っていてください。サラレギー陛下も」

追い始めてしまったおれの足は、サラを押し付けられたヨザックの不満げな声でも止まらなかった。きっと何か状況《じょうきょう》を変える策があるんだ、そう思うと一刻も早く知りたかった。

「何するつもりだ、ウェラー卿」

降りかかる波が容赦《ようしゃ》なく全身を濡らす。気を抜けば足元を掬《すく》われる。手摺りにしがみつきながらでは、遅《おく》れないようにするので精一杯《せいいっぱい》だ。

「返事をしろよっ」

「人捜《ひとさが》しです」

船倉に続く階段を駆《か》け下りながら、ちらりとこちらに顔を向けた。流されていないか確かめてから、諦《あきら》めた表情で溜息《ためいき》を吐《つ》く。

「来るなと言ったのに。仕方がない……危険ですからもっと近くに」

「自分の乗ってる船の運命が掛かってるんだ。どんな作戦なのか知りたくもなるさ。おれがどこへ行こうと勝手だろ？」

「お陰《かげ》でグリエはサラレギーを船室に閉じ込めてから、大慌《おおあわ》てであなたを追ってこなければならない……相変わらず、護衛泣かせのひとだ……気をつけて、濡れて滑ります。きちんと足元を見てください」

「判ってる」

濡れて額に貼《は》り付いた前髪を掻《か》き上げる。塩辛《しおから》い水は目にも鼻にも入り、喉《のど》の奥まで沁《し》みて苦しい。ヒリつく顔を拳《こぶし》で拭《ぬぐ》うと、目頭《めがしら》がますます痛くなった。

「ああ、擦《こす》ると……」

ウェラー卿はそれ以上言わずに口を噤《つぐ》み、荷箱の間を黙《だま》って過ぎた。先程くぐった床板を持ち上げ、薄暗《うすぐら》い船底を覗《のぞ》き込む。奴隷《どれい》と呼ばれた神族の人々が、閉じ込められている場所だ。内部は悲惨《ひさん》な状況だった。大人の膝《ひざ》まで浸水《しんすい》し、とても座ってはいられない。摑まる棒などどこにもないので、船が傾く度《たび》に壁に叩《たた》きつけられる。それでも彼等は悲鳴をあげない。低く呻《うめ》くだけで耐《た》えている。

「おーい！」

おれの声に、幾《いく》つもの金色の灯《ひ》が集まる。決死の思いで聖砂国を逃れたのに、今また連れ戻されんとしている人々の眼《め》だ。

「大丈夫《だいじょうぶ》かー？」

馬鹿《ばか》なことを訊いた。大丈夫なはずがない。早急《さっきゅう》に避難《ひなん》させないと、浸水の速度が上がったら真っ先にアウトだ。でもそれを通じない言葉で、どう説明すればいいのか。

「なあ、皆を早くここから出さないと大変……」

ウェラー卿は船倉の中央にとって返し、火の点《つ》いた洋燈《ランプ》と破り取った紙片を持って飛び降りた。おれも恐《おそ》る恐る梯子《はしご》を下る。

「この中で船乗りか、海軍で働いていた者がいればいいんですが。聖砂国の海運関係者なら、この難所を越える技量を持っているかもしれない。少なくとも小シマロン船員よりは、海流についての知識もあるでしょう」

「あ、そうか。お客様の中にドクターはいらっしゃいませんか作戦だな？」

なんだそりゃ、という失礼な顔にもめげず、神族の中心で声を限りに叫《さけ》んでみる。

「助けてくださーい！　この中に船の運転できる人がいたら……ああくそっ、言葉が通じねえ」

「持って」

ウェラー卿はおれに洋燈を押し付けると、大きめの紙に木炭で図を描《か》いた。えーと、太陽？

「発電所マーク？」

「違《ちが》いますっ」

「じゃあ何……コンラッド、あんたもしかして絵がへ……ああ解《わか》った！　舵《かじ》、舵を描きたかったんだろ⁉　ちょっと貸せよ」

僭越《せんえつ》ながら平均美術成績五段階で2のおれが絵筆を握《にぎ》らせてもらい、紙の裏に大きく舵輪を描いた。これでどうだ。ラウンドガールよろしく頭上に掲《かか》げる。

「誰かいないか⁉　船の舵をとれる人っ。この絵、この輪っかを回せる人だ」

最初の内こそ変人でも見るような眼で、おれたち二人を眺めていた神族達だったが、やがて貼り付いていた壁から身をはがし、ゆっくりとした足取りで近寄ってきた。一人の男が怖《お》ず怖ずと手を挙げる。頬が痩《こ》け、今にも倒れそうだが、濃金の瞳《ひとみ》だけは爛々《らんらん》と輝《かがや》いている。

「操縦士さんですか？　やったコンラッド！　いたよ、いた」

「ええ」

「駄目《だめ》モトでも訊いてみるもんだなッ」

名前も尋《たず》ねないまま男を梯子に促《うなが》す。早く操舵《そうだ》室に連れて行き、荒海《あらうみ》を乗り越えてもらわなくてはならない。先に登ったコンラッドの手を握り、おれも船底から抜け出そうとする。

「ちょっと待った」

「何か？」

「この人達を残してはおけないよ」

突《つ》き刺《さ》さる百以上の視線。まさか入口はここだけなのか？

「今はそんな……」

「けど、もし船が沈んだら？　こんな底にいたら脱出《だっしゅつ》することもできない。なあ皆さん、この床板、板、開いてるから！　今は緊急《きんきゅう》事態だから見張りもいない。いつでも救命ボートに乗れるように、準備だけでもしておいてくれ」

彼等は不安な顔を互《たが》いに見合わせるばかりだ。言葉が通じない不自由さを痛感する。

「いいね、開いてるから！」

「陛下、早く」

聞き慣れた呼び方を耳にしてほっとする。おれたちは言葉が通じて本当に良かった。

「コンラッド」

木箱の縁《ふち》を頼《たよ》りに船倉を戻《もど》りながら、隣《となり》を早足で歩くコンラッドに訊いた。どうしても腑《ふ》に落ちなかったのだ。

「あの人達はどうして出ようとしないんだろう」

あそこは、まるで穴みたいなのに。

「同じ人間のされる扱《あつか》いじゃないよな……神族と人間は違うって言われてもさ。おれだったら暴れてる。どっかに訴《うった》えてる」

「抗《あらが》わないように教育されていたのでしょう、これまでは。でも」

その時だった。ウェラー卿《きょう》の前を歩いていた男が急に振り返り仲間に向かって言葉を投げた。

「今後は、どうなるか判《わか》りません」

取り残される仲間達への指示だろうか。一言二言は控《ひか》えめな小声だったが、次第《しだい》に熱っぽい叫びになった。内容はさっぱり理解できなかったが、船が大きく揺《ゆ》れ、三人揃《そろ》って荷箱にぶつかった時に、おれにも聞き取れる単語が混ざる。

「忘れるな、ベネラが！」

ベネラ？　この神族の男は今、ベネラと言ったか？

自分宛《あて》の手紙にあった単語だ。地名か人名かは不明だが、おそらく固有名詞だろうとギュンターは言っていた。その前の動詞の部分は確実ではないが、ベネラという名前だけは聞き取れた。痩《や》せこけた男の、口角泡《こうかくあわ》を飛ばしそうな激しい台詞《せりふ》の中に、知っている単語をはっきりと聞いたのだ。

「なあ、ベネラって言った!?　今、ベネラって呼んだよな?」

男の服を摑《つか》んで荒っぽく揺さぶる。食糧《しょくりょう》調達に来た少女と同様に、布にベルトを通しただけの粗末《そまつ》な物だ。

「教えてくれ、ベネラって何だ?　そいつが唯一《ゆいいつ》の希望だってジェイソンは言うんだ。助けてくれってフレディが言うんだ。教えてくれよ、どうやったら救えるんだ?　ベネラって、あんたたちの何なんだ!?」

「陛下」

枯《か》れ枝みたいな細い肉体は、おれの腕《うで》に振《ふ》り回されて苦しそうだった。喋《しゃべ》るどころか息をするのもままならない。

「ユーリ!」

腹の辺りを摑まれて、神族の男から引き離《はな》される。コンラッドの左肩《ひだりかた》がおれの顎《あご》にぶつかった。痛みでやっと冷静さを取り戻す。

「言葉が通じていない」

「そうだった、ごめん……済まなかったよ……こんな質問、美術2の成績じゃ絵にも描けないしな」

理由も判らず責め立てられた男は、恐怖《きょうふ》と驚《おどろ》きで顔を強《こわ》ばらせていた。伝わるかどうかは考えずに、もう一度頭を下げる。

「……行こうか、船が沈《しず》んでからじゃ遅《おそ》いもんな」

「上からですか」

「はあ？」

冗談《じょうだん》ともとれる発言に、逼迫《ひっぱく》した事態を一瞬《いっしゅん》だけ忘れた。

「美術の2というのは上から二番目ですか」

「馬鹿だなあコンラッド、下からに決まってるだろ。いいんだって、別に慰《なぐさ》めてくれなくても」

軽口を叩きながら階段を登ったが、少しだけでも上向いたおれの気持ちはすぐに打ち砕《くだ》かれてしまった。甲板《かんぱん》は相変わらずこの世の終わりみたいな有様で、波に攫《さら》われまいと必死の船員達が至る所にしがみついている。中には太いロープを使い、身体《からだ》を杜に結びつけている者もいた。余程《よほど》注意深く進まないと、横波に足元を掬《すく》われて真《ま》っ逆様《さかさま》だ。

海はこんなにも渦巻《うずま》いているのに、空はまるで別世界みたいな美しさだ。頭上から注ぐ陽光は明るく暖かい。その分、自然に苛《さいな》まれているおれたちが、地獄《じごく》で罰《ばつ》を受けているような気持ちにさせられた。

集中力が切れたのは、息を吸おうと瞬《まばた》きした瞬間だけだ。甲板の端《はし》に寄らないように気をつけていたのに、頭上から襲《おそ》ってきた緑の波に顔を打たれて、通路にあった手摺《てす》りから指が外れた。

「あ、っと」

船の端の柵《さく》に腹が食い込み、辛《かろ》うじて転落を免《まぬか》れる。厨房《ちゅうぼう》服の背中もしっかりと掴まれていて、ウェラー卿の反射神経に感謝した。いつもの声が、大丈夫《だいじょうぶ》ですかと訊《き》いてくるはずだ。おれはあと一歩で落ちるところだった海面を、そっと乗り出して覗《のぞ》き込んだ。隣に来ていたコンラッドも茶色の瞳を海面に向ける。そこには渦があった。周囲の波とは異なる濃紺《のうこん》の円だ。

「大丈夫です、か……」

「危ないとこだった」

渦の中央は奇妙《きみょう》に明るいブルー、じっと見ていると吸い込まれそうだ。この感じには覚《おぼ》えがあるが、どこで味わったものなのか思い出せなくてもどかしい。見上げると肩が触《ふ》れる程近くにいるコンラッドも、同じことを考えているようだ。今にも白い手が伸《の》びてきて、首を掴んで引っ張りそうな。恐《おそ》らくそうされても苦しみもなく、自分のいる場所にも気付かないうちに、肺が潰《つぶ》れるほど深い底まで連れて行かれる……。

遠くで名前を呼ばれた気がして、おれは無意識に、半歩だけ踏《ふ》み出した。

落ちないはずだった。

背中を押されさえしなければ。

6

「失敗したッ！」

都内某所《ぼうしょ》のホテルの屋上で、村田健は濁《にご》った水から顔を上げた。赤と白の鯉《こい》が膝《ひざ》の脇《わき》を泳いでゆく。髪《かみ》から魚臭《くさ》い水滴《すいてき》を滴《したた》らせながら、日よけつきのベンチとテーブルを占拠《せんきょ》したボブに確認した。

「どうだった⁉」

「こちらが確認《かくにん》のVTRです」

サングラスを押さえ、「可愛《かわい》らしい日本語で首を傾《かたむ》けながら言う男が、地球を支配する魔王《まおう》だとは誰も思うまい。もっとも支配といったって、ビル・ゲイツとどっちが凄《すご》いか訊かれたら悩《なや》む程度だ。

乾《かわ》いたコンクリートに水の跡《あと》を残して、村田が液晶《えきしょう》を覗き込む。

「くそっ、あとちょっとで渋谷を摑めるとこだったんだ。魂《たましい》でも意識でも引っ掛《か》かればこっちのものだ、それを手掛かりに辿《たど》って行ける。なのに……映ってる？」

「ああ、クリアだ」

水中を撮影《さつえい》した映像は、全体にベージュがかってはいるものの村田の身体をはっきりと映している。

「よく撮《と》れてるね、プランクトンいっぱいの屋上庭園にしては」

「ああ」

額を突き合わせるボブと村田の会話に、勝利は無理やり割り込んだ。

「大体なー、ホテルの屋上の濁った池から異世界に行けたら、行方《ゆくえ》不明の鯉続出で困るってーの。こんなとこから旅立てるのは、可愛いカルガモ親子だけだろ」

太鼓橋《たいこばし》の上から見下ろしていた渋谷勝利は、憎《にく》まれ口を叩《たた》きながらもボブの手元を覗き込んでいる。弟の「特別な」友人の言葉が本当なのか気になって仕方がないのだ。

「場所は問題ではないらしいのだよ、ジュニア。寧《むし》ろ重要なのはタイミングで」

「だからジュニアって呼ぶな、あんたの息子じゃあるまいし……おあっ」

映像の途中《とちゅう》で村田の上半身が消えた。驚いて声をあげたのは橋の上の勝利だ。慌《あわ》てて朱塗《しゅぬ》りの欄干《らんかん》を摑む。

「き、消えた。気持ち悪いな、おい」

「心霊《しんれい》写真として投稿《とうこう》してもいいよ友達のお兄さん。目のとこ黒い線入れてくれればね」

村田は巻き戻した映像を神妙な面持《おもも》ちで指さした。

「ほらね、いい線までいってるんだ。ところがこの直後に、向こうから来た何かの衝撃《しょうげき》で押し返されたんだよ。だからって渋谷が還《かえ》ってきたようでもないし、そっちとこっちで正面衝突《しょうとつ》して、お互《たが》いに元来た方へと弾《はじ》き跳《と》ばされちゃった感じだ。咄嗟《とっさ》に追い縋《すが》ろうとしたんだけど」

一瞬復活した村田の上半身が再び消える。今度はほんの数秒で元に戻《もど》り、やがて身体は水面へと浮上《ふじょう》した。

「ね？　二回目は手掛かりを探《さぐ》り当てられなかった。渋谷の存在自体が不安定なんだ、感じたり感じなかったりする」

「魔族の力の及《およ》ぶ土地ではないのだろう？　どういう場所にいるんだろう」

「もちろん。もしそうならもっと元気だよ。意気揚々《ようよう》と燃えてるはずだ。それからこれも駄目《だめ》だ、戻ろうとする力が弱い」

胸に着けていた金のブローチを外す。眼鏡《めがね》の水滴を振《ふ》り落としてから、掌《てのひら》に置いてまじまじと眺《なが》めた。

「元々渋谷の持ち物じゃないから引きが弱いんだ。こういう言い方も変だけどさ、途切《とぎ》れがちな足跡《そくせき》辿ってでも、彼の元に向かおうって気概《きがい》が足りないんだよな。どこの家の紋《もん》だったかなぁ、鳥だよね。何しろこっちも何千年も昔のことだから、家紋なんか覚えちゃいないし」

「オーストリア辺りにありそうだが、紋章なんてどこの一族も似たり寄ったりだからな。私なぞさっぱり区別がつかんよ。鳥だったのか。横向きの鰐《わに》だと思っていた」

傍《はた》で聞いている勝利にとっては、頭を抱《かか》えたくなるような会話だった。普通《ふつう》、鳥類と爬虫類《はちゅうるい》は間違《まちが》えないだろう。サングラスが狂《くる》っているんじゃないのか。

いいのか地球、こんなおっさんが魔王で本当にいいのか。商店街でステッキ片手にサンバ踊《おど》ってる親父《おやじ》だぞ?


「……都知事すっ飛ばして、一気に財界魔王になるべきか」

自分が継《つ》いだほうがマシな気がしてきた。これもボブの作戦かもしれない。だが今は地球の未来を憂《うれ》えている場合ではない。たった一人の大切な弟が、訳の解《わか》らない世界に連れ去られて戻ってこないのだ。

待ってろゆーちゃん、おにーちゃんが今すぐ助けに行くからね!

「おい、おいおい、そこの白メガネ黒メガネ」

「なんだいエロメガネ」

「人をエロガッパみたいな呼び方すんな。なあ俺を行かせろ、俺に試させろよ。案外、ていうか当然のことながら一発でゆーちゃんのとこに飛んじゃうぜ? 何せこっちには愛があるからな、愛が」

「無理だ」

新旧二人の眼鏡に、即座《そくざ》に否定される。

「言っただろ、渋谷のお兄さん。絶対無理、テポドンがまともに爆発《ばくはつ》しても無理。向こう生まれの大賢者の魂持ってる僕でさえ、地球生活が長いからこんなに苦労してるんだ。身も心も地球産で、魔力もないあんたが行こうったって、よっぽど強い力に引っ張ってもらわなきゃ不可能だ。それこそ富士山噴火《ふんか》、ナイアガラ逆流とか」

　ありえない。

「僕だってこんなに難しいとは思ってなかったよ。すっかり地球の人になってたんだね。いやまったく、朱に交われば赤くなるって本当だ」

「ジャパニーズコトワザは結構的を射ているな。どうするねムラタ、カルガモ池にもう一回浮《う》かんでみるかね？」

　身震《みぶる》いして生臭い水を撒《ま》き散らしながら、村田は大きなくしゃみをした。まるで毛の長い犬のようだ。

「ろ、ロドリゲスは何時に着くんだろ」

　一方、三人の眼鏡のうち最後の一人は、朱色の太鼓橋に脚《あし》を投げだして座っていた。学生らしく短い前髪を弄《いじ》りながら、不吉《ふきつ》なことを呟《つぶや》いている。

「……ナイアガラ……ナイアガラ逆流させるには……まずパスポートか」

　兄弟愛のためには犯罪者にもなる覚悟《かくご》だが、今のところ富士山は狙《ねら》わないらしい。

どうも戦力的に不安が残る気がして、フォンビーレフェルト卿《きょう》は人知れず溜息《ためいき》をついた。整った眉目《びもく》に勿体《もったい》ないような皺《しわ》が刻まれている。魔力のない者を中心に組織するしかないと、理《り》屈《くつ》では解っているのだが。

「聖砂国まではこの『うみのおともだち』号を使う。異論ないな」

「光栄であります、ヴォルフラム閣下！」

世界の海は俺の海、鮮烈《せんれつ》の海坊主《うみぼうず》と名高いサイズモア艦長《かんちょう》が背筋を正して敬礼した。海戦の猛者《もさ》は貫禄《かんろく》たっぷりだ。

「だが今回、動くのは海の上とは限らない。場合によっては陸上での行動も余儀《よぎ》なくされるわけだが……その点に関しても異存はないか、サイズモア」

「もちろんであります閣下。幸か不幸か自分は魔族としての資質も毛も薄《うす》く、生まれついての魔力も備わってはおりません。長きに亘《わた》る航海生活の中、酒と泪《なみだ》と男と女で育てた腕《うで》と腹をもって、陸戦でもお役にたちたいと存じます」

「うん。あー、男も女もだったのか……ま、まあいい。我々にとって聖砂国は未見の大陸だ、どんな過酷《かこく》な環境《かんきょう》が待ち受けているかもしれない。乾いた風が吹き荒《すさ》ぶ砂の大地かもしれんし、湿気《しっけ》ばかりで腐臭漂《ふしゅうただよ》う沼《ぬま》続きの道かもしれない。過酷な旅になるとは思うが、陛下をご無事にお連れするまで、どうか諦《あきら》めることなく任を務めてほしい」

「お、お任せください閣下！　過酷な環境に関しましては、潔《いさぎよ》くツルリと剃《そ》ってから出立いたしますから大丈夫《だいじょうぶ》ですッ」

　そうは言ってもお別れが辛《つら》いのか、どことなく涙目のサイズモアなのだった。

「毛か？　もしかして毛根の話をしているのか？　だったら別に剃《そ》らなくても、自然に任せるのが一番だと思うぞ」

　まだまだ子供だとばかり思っていたヴォルフラムの成長ぶりに、感極《きわ》まったサイズモアは鼻水を啜《すす》った。啜るばかりでは耐《た》えきれずに、喉《のど》の奥まで行ってしまった。

「ああ若君、すっかり大人になられて。なんと立派なお姿でありましょうか！　爺《じい》は嬉《うれ》しゅうございますぞ」

「いつからお前はぼくの爺になったんだ？　初めて会ったのは昨年だろう」

「お母様も星の彼方《かなた》でさぞやお喜びでございましょう！」

「いい加減にしろサイズモア。母上はまだご存命だぞ。それどころか隙《すき》あらばもう一人くらい子供を増やそうと、虎視《こし》眈々《たんたん》と狙っておられる」

　次こそ女の子、絶対に娘《むすめ》がいいわ。末息子《むすこ》の美しい金髪《きんぱつ》を撫《な》でながら、上王陛下は自分そっくりの顔にうっとりしているのだ。女として、あと五花くらい咲かせるつもりだ。

「ぼくとフォンクライアト卿が行けない以上、サイズモア、お前に全指揮権を預けることになる。実績的には何の不安もないが、今回ばかりは敵を屠《ほふ》るだけの戦いとは違う。いいな、艦長。信じている。ぼくを失望させないでくれ」

「おまっ、おまっおまっ、お任せくださいっ」

「あとは何でも係として、そこのダカスコスも連れて行け……兵士の数が心許《こころもと》なかろうが、なるべく早く二次隊を送る。医療班《いりょう》や物資補給はそちらが追いつくのを待ってもらいたい」

「医療に関しては待たれる必要はありません」

慈愛《じあい》の人に戻ったギーゼラが、口調の強さとは逆ににっこりと微笑《ほほえ》んだ。

「わたしが参りますよ。お役に立てない義父《ちち》の代わりに」

「だがギーゼラ、魔力《まりょく》の強い者はそれだけで不利だと、お前が言ったんだぞ。お前だって……」

「ええそうですとも。聖砂国に近づけば近づく程《ほど》、体の不調は酷《ひど》くなり魔術も使えなくなるでしょう。癒《いや》しの手の一族としての能力は無いも同然です。ですが閣下、これだけは理解していただきたいのです。医療行為《こうい》とは本来、魔術にばかり頼《たの》むものではありません。癒しの本質は心、まず心ありきなんです。傷ついた誰《だれ》かを治したいという、卑《いや》しい心こそが大切なのです」

「……卑しいのに大切なのか」

ヴォルフラムの肩《かた》に置かれた両手に力がこもる。肩胛骨《けんこうこつ》が軽くピンチだ。

「ですから閣下、たとえ魔術が使えなくとも、わたしは聖砂国へと赴《おもむ》き、わたしの愛する兵士達、或《あ》るいは現地の傷病者達を治療し続けます。閣下はご存じですか？　兵学校の伝説的医療教官であるナリキンガールが、今際《いまわ》のきわに遺《のこ》した言葉を」

興奮したギーゼラにガクガクと揺《ゆ》すられる。攪拌《かくはん》されつつある脳味噌《のうみそ》の右端《みぎはし》で、ヴォルフラムは士官学校にあった肖像画《しょうぞうが》を思いだした。ナリキンガール、ああ、あの白衣の悪魔か。

「彼女は言いました。何故《なぜ》治療するのか、そこに患者《かんじゃ》があるからです！」

おおおい、『ある』じゃなくて『いる』だろう。傷病兵は物扱《あつか》いなのか。

それでも軍曹殿《ぐんそうどの》の力強い言葉に、全員が勇気づけられた時だった。

廊下《ろうか》から何かを引きずるような不気味な音と、低い呻《うめ》きが聞こえてくる。背筋を冷たい汗《あせ》が伝った。

「ヴォールフラーぁム」

ずずー、ずずー。

「ヴォールフラーぁム」

ずずー、ずずー。

ダカスコスが震える声で言うと、ヴォルフラムは恐《おそ》る恐る自分を指さした。

「か、閣下、お呼びです」

「ぼくか？　ぼくが呼ばれているじゃりか？」

皆《みな》の恐怖《きょうふ》が最高潮に達した頃《ころ》、閉められていた艦長室のドアが乱暴に叩《たた》かれた。勇気あるマッチョ、アーダルベルトが、皆が息を呑む中、勢いよく扉《とびら》を押し開ける。

「ごがっ！」

戸口には顔面を強打したフォンクライスト卿ギュンターが、無様に転がっていた。

「なんだ、ギュンターか」

「なんだはないでしょう、何だは。法力酔《よ》いと船酔いでまともに歩けない身をひきずって、やっとのことでここまで来た者に向かって」

物凄い努力をしたように聞こえるが、彼が寝《ね》ていたのは隣《となり》の部屋だ。

義理の娘が出してくれた椅子に落ち着くと、フォンクライスト卿ギュンターは「次は熱い茶を所望《しょもう》じゃ」みたいな顔になった。ヴォルフラムの白い眼にぶつかってやっと、自分がこの部屋に来た理由を思い出す。

「そうでした、そうでした。私が病《や》んだ身体《からだ》に鞭《むち》打ってここに来たのは、ヴォルフラム、私《わたくし》より魔力の弱いあなたのためにこそある、最高の方法を思いついたからでした」

「ぼくの魔力がお前に劣るだと？」

プライドの高い美少年が不機嫌そうな声になると、ギュンターはいきなり叫んだ。

「聖砂国に行きたいかー？」

「お、おうー」

つられて拳《こぶし》を突《つ》き上げる。

「よろしい。それでは私が、あなたにフォンクライスト家に代々伝わる秘術をかけて差し上げましょう」

胡散臭《うさんくさ》い。ヴォルフラムは不審《ふしん》な面持《おもも》ちで、義理の娘であるギーゼラを振《ふ》り返った。こちらも聞かされていないのか、首を横に振るばかりだ。

「これまで誰にも使ったことはありませんが、私にはとっておきの秘術があるのです」

「秘術？　性別を変えたり盲腸《もうちょう》を取ったりするんじゃなかろうな」

「それは手術でしょう、そういうのはアニシナに頼みなさい。私の場合はもっと高尚《こうしょう》な秘術、相手の魔力を完全に封《ふう》じる禁忌《きんき》の技《わざ》なのです」

「禁忌の技……まさかお前、ぼくを実験台に⁉」

「違いますよ失礼な。だからアニシナと一緒《いっしょ》にしないでください。ほんのりと傷つくではありませんか」

　ギュンターは手放せなくなってきた老眼鏡を押し上げ、法力酔いで血の気の引いた顔をしかめた。

「あなたが聖砂国に行けないのは、生半可に魔力が強いからです。だったらそれを封じてしまいさえすれば、陛下の御許《みもと》に馳《は》せ参じることができるはず……」

　いやに袖飾《そでかざ》りの多い腕を左右に開くと、がばっとばかりにヴォルフラムを抱《だ》き込んだ。全員が息を呑《の》んだのは、子鹿《こじか》に襲《おそ》いかかる巨大熊《きょだいくま》みたいに見えたからだ。

「よっ、よせギュンター！　窒息《ちっそく》し……ぼくを殺す気……もみぎゅ」

「ああーんヴォルフラム、いやぁーん、あはぁーん！」

「よせー……よ……ちぇー……」

「ああーそんなヴォルフラム、おーぅ、いいえーぇ」

硬直《こうちょく》したフォンビーレフェルト卿《きょう》を胸に閉じ込めたままで、薄灰色の美しい長髪を両手で掻《か》き上げた。身も世もない喘《あえ》ぎ声をあげながら、激しく洗髪するように揉《も》み回す。破壊《はかい》力は抜群《ばつぐん》だ。

ギーゼラが真っ白になっていった。白のギーゼラとして生まれ変わったわけではない。尊敬する義父の豹変《ひょうへん》に、現実から逃避《とうひ》してしまったのだ。他の者達は言葉もなく、全員一斉《いっせい》にくるりと向きを変え、壁《かべ》に向かって頭を打ち付け始めた。見てはならない、このおぞましい光景を決して記憶《きおく》に残してはならないと判断したからだ。

というより夢、これは夢に違《ちが》いない。あの麗《うるわ》しの王佐《おうさ》、フォンクライスト卿ギュンター様が、ユーリ陛下の婚約《こんやく》者であるヴォルフラム閣下を襲っているなんて！

虚《うつ》ろな瞳《ひとみ》で壁打ちを続ける一同の中で、サイズモアとアーダルベルトだけは「この親にしてこの子あり」と呟《つぶや》いていた。たとえ血が繋《つな》がっていなくても、人とはここまで真の親子になれるものなのだ。

部屋の隅《すみ》に転がされたままのマキシーンだけが、目を閉じ損《そこ》ねて石のように固まっている。彼こそが歴史的秘術の生き証人だった。

永遠とも思われる時間の後に、フォンクライスト卿は身体《からだ》を離《はな》して椅子《いす》に戻《もど》った。

「ぽは。ごっつぁんデスー」

心なしかお肌《はだ》ツヤツヤ頰《ほ》っぺたツルツルで、カナリア食った猫《ねこ》みたいな顔をしている。若い子の精気を吸った超絶美形は、食後の爪楊枝《つまようじ》が欲しそうだ。

一方、腕《うで》の中から解放されたヴォルフラムは、膝《ひざ》を崩《くず》したお嬢《じょう》さん座りのまま動こうとしない。

「か、閣下、ヴォルフラム閣下⁉」

白目を剝《む》いて放心状態だ。ギーゼラに頰《ほお》を軽く叩かれて、やっとのことで正気に戻った。娘《むすめ》よりも無情なギュンターは、手を貸しもせず見下ろしている。

「さあお立ちなさい、フォンビーレフェルト卿ヴォルフラム。これであなたの中に存在する魔力は私という輝《かがや》く膜《まく》に包まれ、術が解けるまで発動することはありません。つまりあなたの中には常にこの私が存在し、肉体は無理でも私の魂《たましい》だけは、あなたと共に陛下のお傍《そば》へと向かうのです」

ギュンターの真意《しんい》が見えた気がする。単にヴォルフラムに同情しただけでなく、自分もユーリの所へ行きたいという欲望をかなえたのだ。他人の中に精神の一部を宿らせるという傍迷惑《はためいわく》な方法で。

「よりによってお前が？　ぼくの中に⁉　冗談《じょうだん》ではない、そんな気色の悪い術はお断りだ！」

「だってもう完了《かんりょう》しちゃいましたもーん」

もーんじゃないだろ、もーんじゃ。全員がお好み焼き派っぽいツッコミをした。ヒロシマフウオコノミヤキは陛下の好物だ。

「行きたいのでしょう？　陛下のもとへ」

「い、行きたい」

「だったらよいではありませんか、お陰《かげ》であなたの魔力はなくなったも同然で、法術者てんこもりの聖砂国へも行けるのですよ？　私だってあなたと一心同体になどなりたくはありませんが、より確実に陛下の元へ参じるためには致《いた》し方《かた》ありません。この身がお役に立てない以上、せめて精神だけでも尽《つ》くしたいではありませんか。ああ陛下……できることなら陛下と一つになりたかった。強い魔力を持って生まれたこの身が厭《いと》わし……げふっゴフッけふん」

口を覆《おお》い、咳《せき》を抑《おさ》えた掌《てのひら》を開くと、べったりと赤い鮮血《せんけつ》がついている。ギュンターはがくりと膝を折った。

「……ああ、血が」

「鼻から垂れてるぞ、鼻からな」

「ますますもっていけません！　この上はヴォルフラム、あなたに全《すべ》ての希望を託《たく》します。さあどうぞ、これも持ってお行きなさい」

袖飾りを掻き分けながら懐《ふところ》に手を突っ込み、細い紐《ひも》の輪を取りだした。回復していないヴォルフラムの首に無理やり掛《か》ける。先端《せんたん》には薄《うす》灰色の小さな袋《ふくろ》がぶら下がっていた。

「うひぇー、濡《ぬ》れてる、なんか濡れてるぞ!?」

「濡れてなどいません。湿《しめ》っているとしたら寝汗《ねあせ》でしょう。それは私の毛髪《もうはつ》で編んだお守り袋です。毛十割、純毛、名付けて『ギュンターの守護』です」

フォンビーレフェルト卿は呪《のろ》われたような気がした。首を絞《し》められたり寝首を掻かれたりするに違いない。嫌悪《けんお》感で早くも気が遠くなる。

「い、嫌《いや》すぎる……」

「いいですか？　絶体絶命の危機に陥《おちい》ったら、この『ギュンターの守護』を握《にぎ》り締《し》めて呪文《じゅもん》を唱えるのです。ぎゅぎゅぎゅぎゅんぎゅんぎゅんぎゅん、ぎゅぎゅぎゅぎゅんぎゅんぎゅん、ぎゅぎゅぎゅぎゅんぎゅんぎゅんぎゅんぎゅんぎゅーん、ですよ。いつかはあなたの住む街へ行くかもしれませんからね」

「長い割にはありがたみのない文句だな」

「あのー、もう目を開けてもいいでしょうかー」

最後まで壁打ちを続けていたダカスコスが、恐《おそ》る恐る尋《たず》ねた。その時になってやっと周囲の空気に気付いたのか、フォンクライスト卿は床《ゆか》に膝をついたままぐるりと見回す。皆《みな》一様に、顔の色が真っ白だ。

「なんですか何ですか嘆《なげ》かわしい。珍《めずら》しい儀式《ぎしき》を目撃《もくげき》したくらいのことで、そんなに怯《おび》える人がありますか。ああ情けなや、まったくもって情けなや。そんなことでは陛下の盾《たて》になり剣《けん》となるという魔族《まぞく》の民《たみ》の大義が果たせませんよ」

鼻血ロードをくっきり描《えが》いた男に言われると、怒《おこ》る以前に脱力《だつりょく》してしまう。

ギュンターは胸の前で両手を組み合わせ、眞王《しんおう》陛下に祈《いの》りを捧《ささ》げる体勢になった。

「ああ陛下、フォンクライスト・ギュンターは不安です。兵士はこのような有様の者ばかり、おまけに指揮をとるのは八十二歳の若造です。我等の偉大《いだい》なる眞王陛下、どうかこの突貫《とっかん》編成の追跡《ついせき》隊に、眞王陛下のお力をお貸しください」

いくら年寄りの戯言《たわごと》とはいえ、黙《だま》って聞いていれば酷《ひど》い言われようだ。むくれたヴォルノラムはギュンターの椅子を引き、自分が座ってしまってから言った。

「ぼくの能力を認めていないな」

「認めています。認めてはおりますけれど、ヴォルフラムの戦闘《せんとう》経験から考えますに、交戦時の指揮には一抹《いちまつ》の不安が残ります。的確な状況《じょうきょう》判断ができるでしょうか……」

実戦不足でウェラー卿に敗れたくせに、自分のことは棚《たな》に上げて額を押さえた。

「勇猛果敢《ゆうもうかかん》とはいえサイズモアは海の者ですし、ダカスコスは剣より箒《ほうき》を持たせたほうが役に立つ男です。こんな寄せ集めで陛下を奪還《だっかん》できるのでしょうか。第一、戦力的にも心許《こころもと》ない。炎術の使えないヴォルフラムなど、メロンを入れないメロンパン入れのようなものです」

小難しい喩《たと》えに皆が首を捻《ひね》る。フォンビーレフェルト卿は声を抑えながらも、苛立《いらだ》ちを隠《かく》しきれない様子だ。

「だが現状では、これ以上の戦力増強は望めないだろう。眞魔《しんま》国から兄上の艦隊《かんたい》が到着《とうちゃく》するまで待つか？　あの大陸近海の異常海流については聞いたはずだ。ただでさえ航行可能期間がもう無いというのに、この上また日を遅《おく》らせれば、聖砂国まで辿《たど》り着けるかどうかも危《あや》うくなる」

「それはそうです、確かに理屈《りくつ》ではそうなのですが……」

「オレも乗せろよ」

ずっと黙っていたアーダルベルトが、寄り掛かっていた壁から背を離す。

「面白《おもしろ》そうじゃねぇか。オレにも一枚噛《か》ませろや」

分厚い胸板が好奇心《こうきしん》に震《ふる》えていた。左右交互《こうご》に。

「ご存知ないかもしれないが、オレはとっくに魔族も、魔力も捨てている。神族の土地だろうが法力に満ちた大陸だろうが、そこらの原っぱと変わりはない。お上品な斬《き》り合いはできないが、それなりの戦力にもな……」

「ふざけるな！　誰《だれ》がお前の力など借りるものか！」

魔族を裏切った者の発言を、ヴォルフラムが叫《さけ》ぶようにして遮《さえぎ》った。責任者らしく振《ふ》る舞《ま》おうと感情を抑えていたのだが、どうにも我慢《がまん》ができなくなったのだ。

「我々を裏切り我が国に仇《あだ》なすことばかりしてきた男を、大事な王に近づけられるものか」

「まあ待てよ、我《わ》が儘《まま》プーさんよ」

「黙れ、着ぐるみ筋肉！　お前なんかにプー呼ばわりされる筋合いはない！　それ以前に、ぼくの呼び名を誰から聞いたんだ⁉」

「旅行中の女学生が大勢泊《と》まっていた宿で」

アーダルベルトはサラリと答えた。楽しい噂《うわさ》はすぐに国境を越《こ》える。

「おいおい、渾名《あだな》ごときで熱くなるなよ。しかもオレが魔族の身分を捨てたからって、同じ船にも乗せないってのは穏《おだ》やかじゃねえな。これから重要な作戦にかかろうって司令官が、そんな度量の狭《せま》い状態でいいのかい」

「なに……」

高い位置にある青い瞳《ひとみ》が、いきり立つヴォルフラムを見下ろしている。

「笑わせてくれるぜ。任務遂行《すいこう》のためにならば憎《にく》い敵とでも手を組む、それっくらいの余裕《よゆう》もねえのか。そんな狭量《きょうりょう》な者の指揮下に入る兵士達が、だんだん気の毒になってくるね」

「何だと？」

心の中の目盛りを見られているような気がして、ヴォルフラムは唇《くちびる》を噛んだ。十貴族として、魔王の側近に立つ者としての器《うつわ》を、予想外の相手に試されている。

この男の提案を突《つ》っぱね、忠義に篤《あつ》い者達だけで行くのは簡単だ。だがそれが最善の策かと訊《き》かれれば、素直《すなお》には頷《うなず》けない。より強い追跡隊を組むためには、アーダルベルトを加えても決して損にはならない。

戦力だ。駒《こま》の一つとして考えればいい。こちらの不利に働かないよう、注意深く監視《かんし》すれば問題はなかろう。あとは自分達の感情だけだし、それだって制御《せいぎょ》するのは可能なはずだ。

全てはユーリを助けるためと、強く言い聞かせれば済むことだ。

ヴォルフラムは青い瞳を睨《にら》みつけながら、嚙み締めていた唇を開く。答える前に胸の内で、この割れ顎《あご》め、と罵《ののし》るのを忘れなかった。

「……いいだろう。サイズモア艦に同乗しろ」

「そうこなくちゃな。ああそうだ、こいつも持っていくぜ」

放置されていた芋虫《いもむし》巻きシーンを、足の先でぐりぐりと弄《いじ》る。

「ぼくとユーリを狙《ねら》った男だぞ」

「小シマロンの牢《ろう》に戻《もど》したら盗《ぬす》み出したオレの苦労はどうなるんだ？　かといって三食昼寝つきで、眞魔国に運んでやる理由もない。この船に積んでおくのが一番簡単なんだよ。別に人間として扱《あつか》わなくても構やしねえ、なーに、オレの荷物だと思ってくれりゃあいい」

「……勝手にしろ！」

何が楽しいのか口元を歪《ゆが》ませた男の言《い》い種《ぐさ》に、ヴォルフラムは呆《あき》れて背中を向けた。きちんと管理しろよと言い捨てて、サイズモア達を連れて部屋を出る。

準備することは山程《やまほど》あった。フォンクライスト卿《きょう》がまともに動けない今、彼が全てを指揮しなければならない。

「ふん」

筋肉男は人の悪い笑《え》みを浮《う》かべたままで、面白そうに鼻を鳴らした。楽しくなってきた。こんな気分は久し振りだ。

それにしてもあの甘やかされっぱなしの三男坊《ぼう》が、上に立つ者の良識まで身に着けようとは。変われば変わるものだ。それもこれも、あの新前魔王《しんまいまおう》が現れたせいか。

脳味噌《のうみそ》の繋《つな》ぎ目に黒い髪《かみ》と瞳が浮かんで、知らず知らず頬《ほお》が緩《ゆる》む。

「さーて、甘ったれ三男坊がどこまでやれるか、お手並み拝見といこうか」

「アーダルベルト」

低い声で囁《ささや》きかけられ、思わず全身の筋肉が収縮する。ほんの半歩離《はな》れただけの場所に、フォンクライスト卿《きょう》ギーゼラが佇《たたず》んでいた。

「な、なんだ、軍曹殿《ぐんそうどの》か」

ちなみに彼女の実際の身分は軍曹ではない。これは便宜上の呼び方だ。

「あなたにお渡《わた》ししておかなくては」

ギーゼラは手にしていた赤い小瓶《こびん》を、アーダルベルトに握らせた。

「解毒剤《ざい》ではないけれど、どうしてもI液の効果を消したい場合はこれを使ってください」

「何の薬だ?」

「嫌《いや》だわ、もう忘れたのですか。そこに転がっている元小シマロン軍人のための物よ」

空になった手を口に持っていき、人差し指を唇にくっつける。誰にも内緒《ないしょ》、の合図だ。急に背筋が寒くなり、アーダルベルトは数歩後退《あとじさ》った。

「そろそろ薬効《やっこう》が顕《あらわ》れる頃よ。あなたたちを濁《にご》った目で見守っているわ、ずっとね」

「ふふふ……ふふふふふふふ……」

どこかおキクめいた微笑《ほほえ》みを浮かべたまま、ギーゼラはすーっと後ろに下がって行った。足が殆《ほとん》ど動いていない。あまりの不気味さに、自慢のマッスルにも鳥肌《とりはだ》がたつ。

「な、何を見守るつもりなんだ!?」

マージョルノキケーンI液II液とは結局何の新薬だったのだろう、アーダルベルトは自慢の筋肉に物を言わせ、床に捨てられた説明書を拾い上げた。白地に赤黒いインクで手書きされている。見るからに不吉《ふきつ》。この温かみをさっぱり感じない悪筆は、アニシナの文字に違《ちが》いない。

「なんだと……この画期的な発明品であるマージョルノキケーンは、世界中の鶏嫌《にわとりぎら》いの人々にとって新たな世界を切り開く手助けとなるでしょう」

昨日まであなたを小馬鹿《こばか》にし、砂をかけるほど嫌っていた全世界の鶏が、今日この瞬間《しゅんかん》からはあなたの忠実な手下に！　生まれたての鶏の雛《ひな》にI液を投薬すると、ヒヨコアミリャーゼの働きで最初に見た相手を父親と思い込みます。信じて疑いません。同様にII液を飲ませると、ヒヨコイソフラボンの働きで相手を母親と思い込みます。所謂《いわゆる》「スリコギ」です。ただし、両者を混ぜて与《あた》えるとヒヨエルロン酸が強まり、鶏と人との種族間を超《こ》えた感情を持つようになり危険です。

「確かに危険だなそれは……は!?」

「何をだ」

熱い視線を感じて振り返る。

上半身だけ自由になった刈《か》りポニが、アーダルベルトを見上げていた。床についた左手で体を支え、右手はお淑《しと》やかに髭《ひげ》に添《そ》えられていた。下半身は巻かれたまま投げだされている。

人魚のポーズだ。

ぎょっとして手元の説明書に再び目を落とす。

『I液を投薬すると……最初に見た相手を父親と思い込み……』

「……おとぉさま？」

疑問調の語尾《ごび》に寒気立つ。

「おい、おいおいおいおいおい何だマキシーン、そんな眼《め》で見るな、だから頬を赤らめるんじゃない！　オレはお前の親じゃねぇんだぞ!?」

フォンカーベルニコフ卿アニシナ、またつまらぬ物を発明してしまったようだ。

7

落ちてゆく瞬間は、誰《だれ》に押されたのかなんて考えもしなかった。

頭から海水に突っ込み、視界が真っ暗になった時点で、背後には彼しかいなかったことに気付いた。荒《あ》れ狂《くる》う海上に反して中は静まり返り、何の音も聞こえなかった。聴覚《ちょうかく》が麻痺《まひ》していたわけではない。まるで映画で観《み》る宇宙空間みたいに、海中は暗く、しんとしていた。渦《うず》の中央に向かって身体《からだ》が吸い寄せられても、気持ちは安定していた。死に対する恐怖《きょうふ》が不思議と湧《わ》かず、ただ闇《やみ》の中にぽつりと浮《う》かぶ青い一点だけを見ていた。

こんな海に落ちたら助からないと甲板《かんぱん》で思ったのは、ほんの数秒前だったのに。

まだ死んでない、しかも自分は意外と冷静だ。そう思った途端《とたん》に右手首が激痛に襲《おそ》われ、思わず悲鳴をあげかけた。腕《うで》が抜《ぬ》けるかと思った。口を開けたのが裏目に出て、空気の代わりに海水が流れ込んでくる。悲鳴は押し戻され、喉《のど》にも鼻にも塩水を押し込まれた。

痛いのは右手首だ。それから喉と鼻の奥だ。

渦の力に反して、上へと引かれる。体重と、自然がおれを呑《の》もうとする強大な力の両方が、一気に手首に掛《か》かってくる。耐《た》えきれないと、もうあと一秒だって耐えられないと、もういっそこの手を切ってしまってくれと、知らない神様に祈《いの》るところだった。

「……がっ……」

顔が水面に出た。途端に両耳が轟音《ごうおん》に支配される。波に合わせて身体が激しく揺《ゆ》れた。水を吐《は》きだし、死にかけた魚みたいに口を開け、飛沫《しぶき》混じりの空気を吸う。何度か軽く沈《しず》みかけたが、今度はすぐに浮かび上がった。右手首に濡《ぬ》れたロープがしっかりと絡《から》み付いていて、上から誰かが引っ張っているからだ。

「陛下！」

「聞こえ、て……る」

確かに聞こえた、生きてる証拠《しょうこ》だ。目も耳も正常に働いている。

「しっかり！　摑《つか》まってください、縄《なわ》を固定して。腰《こし》に巻いて！」

「ああ」

「引き上げます、いいですか⁉」

「い……」

返事をしようとしたら、咳《せき》と一緒《いっしょ》に塩水が逆流してきた。こんなに飲んでいたのかというほど、後から後から溢《あふ》れてくる。肺まで浸水《しんすい》していたようだ。

腰に回したロープが引き締《し》まり、ゆっくりと身体が昇《のぼ》り始める。船腹の板に何度もぶつかり、その度《たび》に腰や背中に打ち傷が増えたが、贅沢《ぜいたく》は言っていられない。船に戻れるだけでも運がいい。あんな荒れた海に放《ほう》りだされて、生きていられただけでも奇跡《きせき》だ。

いや、放りだされたのではなく、おれは突《つ》き落とされたんだっけ。

「陛下！」

殆ど抱《かか》えられる状態で甲板の柵《さく》を越《こ》えた。生還《せいかん》という単語が、ファンファーレつきで頭に浮かぶ。馬鹿みたいな黄色い明朝体で。たったいま死にかけたばかりだというのに、人の脳味噌《のうみそ》はどうなっているのか。

いつもの陽気な口調も忘れ、ヨザックはおれの顎《あご》を乱暴に摑んだ。おれは痛くない方の手で、濡れたオレンジ色の髪《かみ》に触《さわ》る。

「陛下？」

「落ち着けヨザック……大丈夫《だいじょうぶ》だ、自分で呼吸できる……髭がないから、女の人かと思って人口呼吸を期待しちゃったい」

「陛下……坊《ぼっ》ちゃん、ああ」

大きな溜息《ためいき》をつく。

「よかった、死なせてしまったかと」

「縁起《えんぎ》でもない。大丈夫、二、三秒沈んだだけだ。そんなに水も飲んでないし……竜宮城《りゅうぐう》も見てない」

手を貸してくれたらしい船員が数人、柵やロープに摑まりながら覗《のぞ》き込んでいた。船が傾《かたむ》き慌《あわ》ててバランスを取る。まだ難所を脱《だっ》したわけではないのに、危険を押して協力してくれたのだ。敵対している国の者だと知っているだろうに。

「ありがとう、お陰《かげ》で助……」

咳と一緒にまだ塩水がこみ上げてきた。喉と鼻腔《びこう》に沁《し》みる。

「あーあ坊ちゃんたら、鼻水まみれですよ。いい男が台無しね」

「元々だよ、ティッシュくれティッシュ」

あるわけのない現代生活贅沢グッズを探して指が彷徨《さまよ》う。その先に、薄茶《うすちゃ》の瞳《ひとみ》があった。海は荒れても空は晴れやかだ。甲板には横波と共に、水を煌《きら》めかせる陽光も降り注いでいる。そんな中で見慣れた彼の瞳だけが、暗く沈み濁《にご》っていた。虹彩《こうさい》に散る銀の星が見えない。

表情からは心が読みとれない。視線が合うと小さく唇《くちびる》が動いた。一歩踏《ふ》み出そうと片足が上がる。

「ティッシュったって、ちり紙なんか溶《と》けてドロドロですよ。大体なんで落ちるかねぇ、コンラッドが一緒にいてからに……」

悟《さと》られまいとしていたのだが、不意に名前を聞いて身体が強《こわ》ばる。ヨザックは見逃《みのが》してはくれなかった。

おれとウェラー卿《きょう》の間に入り、掠《かす》れた声で恐《おそ》ろしいことを口にする。疑問ではなく、確認《かくにん》だ。

「あんたか」

相手は答えず、ただぐっと両手を握《にぎ》り締めて、踏み出しかけていた足を引いた。顎が僅《わず》かに緊張《きんちょう》している。背中は壁《かべ》だ。

「陛下のお命を狙《ねら》ったのか？　あんたどこまで腐《くさ》っちまったんだ」

抑《おさ》えた声が逆に怖《こわ》かった。

三歩程《ほど》の間を素早《すばや》く詰《つ》めたと思ったら、次の瞬間ヨザックはウェラー卿の顔の脇《わき》に小さな銀の刃《は》を突き立てていた。あんな物をどこに隠《かく》していて、いつのまに握ったのだろう。息が掛かるほど顔を近づけて言う。

「いいかウェラー卿、こいつは警告だ。陛下に二度と近づくな。もしも警告が破られた場合には」

妙《みょう》に長く重い沈黙《ちんもく》の後に、おれには聞こえないくらい低く伝えた。

「……その生命、ないものと思えよ」

ずぶ濡れで重い身体に鞭打《むちう》って立つ。ちょうど斜《なな》め脇から彼等の表情が覗けた。ヨザックは、抑えた怒《いか》りとは裏腹に笑っていた。いつか見た獣《けもの》の笑《え》みだ。

「よりによってあんたにこの言葉を向けるとは思わなかったぜ」

賢《かしこ》い獣の笑みだった。

「違《ちが》う……違うんだ。おれの勘《かん》違いだと思う」

物騒《ぶっそう》なものを収めてほしくて、やっぱり濡れたままのお庭番の袖《そで》を掴む。白い布地に船床《ふなどこ》の塗料《とりょう》がこびり付いていた。

「誤解だ、ヨザック。押されたんじゃない。うっかり足を滑《すべ》らせたんだよ」

波が酷《ひど》くて甲板は濡れていた、おれはデッキの端《はし》まで行き、覗き込んだ渦の色に気を取られていた。事故が起こっても不思議ではない。

「おれを殺そうとするわけないじゃないか、コンラッドが。なあ？」

頷《うなず》いてくれ。本当でも嘘《うそ》でも構わない、頷いてくれ。

だがウェラー卿は笑みのひとつも浮かべずに、微《かす》かに首を振《ふ》り否定した。

「あなたは……そんな愚《おろ》かな方ではないでしょう」

脳へと続く全《すべ》ての血管が一斉《いっせい》に膨《ふく》れあがった気がした。顔が熱くなり、目の前が真っ赤になる。こめかみの焼けるような痛みはすぐに治まりはしたが、爆発《ばくはつ》的に高まった鼓動《こどう》だけは静まらない。喉の奥に吐きたい言葉が突っかかった。

金属音に似た耳鳴りがする。

「だったら……っ」

声を絞《しぼ》り出す。できるだけ冷静でいなければと、おれはいつもそう思うのだが、うまく振る舞《ま》えた例《ためし》がない。致命的《ちめいてき》な欠点だし、今だってそうだ。小シマロンの船員や、船底から連れてきた神族の船乗りが見ているというのに、感情をコントロールできない。

「だったらあの時、助けなければよかったじゃないか！」

貨物船に飛び移ろうとしていたおれを受け止めたりせずに、放っておけばよかった。

それだけで済んだのに。

仮面の兵士達の奇襲《きしゆう》を受けた時だって、あの教会でおれを助けたりしなければ、左腕《ひだりうで》を斬《き》られることもなかった。おれのためにいつも傷付くことはなかった。放っておけばよかったんだ。

なのに何故《なぜ》、今になって！

「……畜生《ちくしよう》ッ」

胸に触《ふ》れていた冷たい石を掴み、革紐《かわひも》を引きちぎって床に叩《たた》きつけた。痺《しび》れたままの右手首が、衝撃《しようげき》で嫌《いや》な音をたてる。

魔石《ませき》は失敗したフォークみたいに一度バウンドし、海水で濡れた甲板《かんぱん》に転がった。力任せに投げたのに、不思議と割れも砕《くだ》けもしなかった。

陽《ひ》の光を受けて輝《かがや》いている。おれの胸にあったときよりも、心なしか白く見えた。

誰《だれ》もが互《たが》いの次の言葉を待っている。事情を知らない船員達は傍観《ぼうかん》を決め込んでいたし、船底から連れてこられた神族の男は、いつ自分に災難が降りかかるのかとびくついている。彼等に囲まれておれたち三人は、それぞれ逃《に》げ出したいような気持ちでいながらも、口を開くのは誰かと牽制《けんせい》し合っていた。

沈黙を破ったのは扉《とびら》の軋《きし》む音と、この惨状《さんじよう》に似つかわしくない笑顔のサラレギーだった。

視界の端にいた神族の男が大きく震《ふる》え、壁に背を押し付けんばかりに後退《あとじさ》った。金色の瞳を恐怖《きょうふ》に見開き、汚《よご》れた額に汗《あせ》の雫《しずく》を浮《う》かべて怯《おび》えている。高貴な雰囲気《ふんいき》を纏《まと》う少年が、自分達を船底に閉じ込めた張本人だと知っているのだろう。

だが王は、震える男になど眼《め》も向けない。

「ユーリ、揺《ゆ》れが少しだけ治まってきたようだね。それともこれは台風の目みたいな状態なのか……な」

「どうしたの」

操舵《そうだ》室から顔を出したサラレギーは、転がった魔石とおれの顔を交互《こうご》に見比べる。

「落としたの？」

長い裾《すそ》が汚れるのも気にせずに石の元へ行き、白い指で躊躇《ちゅうちょ》なく拾い上げる。

「落としたわけじゃない」

「じゃあどうして……綺麗《きれい》だね、とても綺麗だ。ねえユーリ、何かと交換《こうかん》しない？」

若い王は無邪気《むじゃき》な顔で言った。花びらのような唇には、子供同然の欲求が浮かんでいる。欲しいならやるよ、そう吐《は》き捨てたいのを堪《こら》える。

「何かわたしの持っている装飾《そうしょく》品で……この美しい石に見合う物はあるかな」

遠足に持っていく菓子《かし》を選ぶみたいに、サラは胸元《むなもと》や懐《ふところ》を撫《な》でて探す。ウェラー卿が現在の雇《やと》い主を渋《しぶ》い顔で諫《いさ》めた。

「渡すべきではありません」

「どうして？　友達の証《あかし》だよ」

サラレギーは首を傾《かし》げる。こんなひどい事態でも美しい髪《かみ》が、頰《ほお》を掠めて肩《かた》に流れた。白く細い指先で後《おく》れ毛を絡《から》め、耳に掛《か》ける様はとても優雅《ゆうが》だ。その、顔の前を横切った右手を見てから、花が咲《さ》くような笑顔になった。

「ああ、これがいい。これはね、小シマロンでしかとれない珍《めずら》しい石だよ。幼い頃《ころ》に別れたきりのわたしの母が、絆《きずな》が永遠であるようにとくれたもの」

薬指にあった薄紅色《うすべにいろ》のリングを外し、おれに渡《わた》そうとする。赤というより淡《あわ》いピンクだ。

「貰《もら》えない、そんな大事なもの貰えないって」

「いいんだ、ユーリに持っていてほしいんだから」

「まあ素敵《すてき》！　グリ江にも見せて貸して触《さわ》らせてーぇ」

「いいよ」

割って入った女喋《しゃべ》りの男が、顎《あご》の横で両手を組んで科《しな》を作る。価値の判《わか》る相手が嬉《うれ》しかったのか、サラレギーはヨザックの大きな掌《てのひら》に指輪を落とした。

「……本当に素敵。でも残念ながらグリ江には小さすぎるみたい」

彼はほんの短い時間で、輪の内側と外側全部に触れた。妙な細工がないか確認したわけだ。改めて、彼はやっぱり優秀《ゆうしゅう》な軍人なのだろうと思う。

サラレギーはそんな大人の事情には気付いていない。重い物など運んだこともない綺麗な指が、おれの右手にそっと触れた。桜貝みたいに磨《みが》かれた爪《つめ》が、華奢《きゃしゃ》な輪っかを摘《つま》んでいる。同じ色をしているのだと気がついた。内側に何か文字が刻まれているが、細かすぎて読みとれない。表面には絡み合う蔓薔薇《つるばら》と、いくつもの太陽が彫《ほ》られていた。

彼はおれの胼胝《たこ》だらけの指を握り、桜色の指輪を塡《は》めようとした。

「いてっ」

薬指の突《つ》きだした関節に引っ掛かり、皮が擦《す》れて痛みが走る。おれの草野球仕様の手には、王様の指輪はサイズが合わないのだ。小シマロン王はくすりと可愛《かわい》らしく鼻を鳴らす。

「……小指でないと駄目《だめ》だね。わたしと違って勇敢《ゆうかん》そうな手だから」

「そんなことないよ」

本当に勇敢な男だったら、海に落ちただけでこんなにビビったりしない。

「震えてる？　ユーリ」

突然《とつぜん》サラレギーはおれに抱《だ》きつく。容姿から想像するよりもずっと、彼はスキンシップを好《この》んでいるようだ。しかし口を開けば泣き言しか出なさそうな今は、そういう態度がありがたい。

「可哀想《かわいそう》に！　寒いんだね、早く部屋に入って温まったほうがいい」

そうしたかった。寧《むし》ろ今すぐ寝《ね》てしまいたかった。温かい風呂《ふろ》に浸《つ》かって塩水を洗い流し、柔《やわ》らかいベッドに身を投げて眠《ねむ》ってしまいたかった。乾《かわ》いた髪がおれの鼻をくすぐる。自分でも判るほど疲《つか》れ切っていた。

それでもおれは、早くも始まった筋肉痛に堪《た》えながら、サラレギーの華奢な身体《からだ》を離《はな》す。

「そうもいかないんだ。船底にいた神族の中から航行経験のある人を捜《さが》してきた。この難所を越《こ》えたことがある人だ」

「奴隷《どれい》を解放したの!?」

「違《ちが》うよサラ、彼は奴隷じゃない。ベテラン船員だ。舵《かじ》を取るのを手伝ってくれる。おれはそれに立ち会わなきゃならない。責任が、あるからね」

彼を仲間の元から引き離し、奴隷扱《あつか》いする連中の直中《ただなか》に連れてきたのはおれだ。責任は、おれにある。

「その件は私にも……」

「近づくなと言ったろう!」

歩み寄ろうとしたウェラー卿《きょう》の喉元《のどもと》に、割烹着《かっぽうぎ》姿の忠実なお庭番が切っ先を突きつけた。

「やめろヨザック! 彼は……」

何故かサラレギーが息を詰《つ》めて、次の言葉を待っている。腫《は》れものでもできたみたいに喉《のど》が痛んだ。

「そ、その人は、小シマロン王の護衛だし、大シマロンの使者だ。手を出すな、この程度のことで国家間の騒《さわ》ぎを起こしたくない」

おれのお庭番は浅く頷《うなず》き、あっさりと剣を引いた。それから身体をこちらに向け、次はどうしたいんですかと問いかけてくる。

「小康状態に入ったとはいえ、まだ危険地帯を抜《ぬ》けたわけじゃない。船室でじっと我慢《がまん》……できないんでしょうねェ」

呆《あき》れたように両肩を竦《すく》める。

「判った、わかりましたよ。服と毛布を持ってきてもらって、詰めましょ、操舵室に。お船の運転をじっくりと見ましょ」

「わたしは船室にいるよ」

肌寒《はださむ》くなったのか両腕を擦《こす》り、ぶるりと身震《みぶる》いしながらサラが言った。

「もう塩水に濡《ぬ》れるのはたくさん。部屋で、打ち身を作らないように枕《まくら》を抱《かか》えている。温かい飲み物を運ばせよう、ユーリ。あまり無理をしないで」

ヨザックは、如何《いか》にも好都合だという眼をサラレギーに向けている。それを理由にウェラー卿を追い払《はら》えるからだ。世話役は、それぞれ受け持つお子様の元へ。

体重を支えた右手首が、鈍《にぶ》く痛んだ。筋でも違えたのだろうか、外端《そとはし》の筋肉を走る神経が、小指の先までずっと痺れている。

「手首が痛い。ヴォルフラムかギーゼラがいてくれたらなあ」

「ご自分でどうにかすることはできないんですか。坊《ぼっ》ちゃんはほら、魔力が強いんだし」

「人間の土地で魔力を使うのは危険なんだってさ。ましてやここは神族の国の近くだろ？　無茶なことはするなって、村田とヴォルフに嫌《いや》というほど言われてるんだ」

「へえ、結構不便なもんですねぇ」

親指と人差し指を手首に回して、痛み具合を計るために数回擦る。少々無理をして前後左右に動かしてみると、加減を間違えて一瞬《いっしゅん》、強い衝撃《しょうげき》が走った。激痛にじわりと涙《なみだ》が浮かぶ。誰《だれ》にも文句の言いようはない。

それでも、浅い角度なら動かせるということは捻挫《ねんざ》まではいっていない証拠《しょうこ》だ。運がいい、この程度の痛みなら、湿布《しっぷ》とテーピングでどうにかなるだろう。

「泣かないでください」

「おれが!?　泣いてねーよこの程度で！」

「だったらいいんですけど。でもまあそれ、半分くらいオレのせいかぁ。じゃあ一応舐《な》めときます!?」

「よせよ、動物じゃないんだから。舐めても治りゃしねーよ」

任務で女装中のお庭番が、赤い舌を見せている様子を想像して、おれは苦笑《くしょう》した。ヨザックは自分の背中で操舵室のドアをピタリと閉める。中は少しだけ暖かい。

「痛み止めなんてありますかね、この船に」

「あのね、おれはスポーツマンですよ野球小僧《こぞう》ですよ？　些細《ささい》な怪我《けが》なんて日課のうちだって。元々頑丈《がんじょう》にできてるんだ、そっとしときゃ治るさ。さ、聞かせてもらおうか神族の人」

湿《しめ》った床《ゆか》に直接海図を広げて、舵取り達と覗《のぞ》き込んだ。

「ジェスチャーで頼《たの》むよ！」

多分、この痛みにはどんな薬も効かないだろう。自分自身が一番よく知っている。

ムラケンズ的ツアーコンダクター宣言

ムラケンは見た！　～湯煙《ゆけむり》のカルガモ池に浮《う》かぶ眼鏡《めがね》。真っ赤な錦鯉《にしきごい》は殺人の予告!?～

「むーらーたーおーいし、亀山《かめやま》ー、むーらーたー釣《つ》ーりし、加茂川《かもがわ》ー。碁盤《ごばん》の目、ムラケンズと同時に新ユニット『メガネーズ』を組むことになった村田健です」

「碁盤の目って、既《すで》に挨拶《あいさつ》だと気付いてもらえねえよそれ……しかもお前、亀山ってダレ」

「そういう名前の彼女もいました」

「教えたくないなら結構です。こんばんは、ムラケンズの打たれ弱い方の渋谷です。ええ、どうせおれなんかね、投げられたり落ちたり沈《しず》んだりしてばっかで、明るい話題のひとつも提供できませんからね」

「まあそう落ち込むもんでもないよ渋谷、そういうのが好きな女子だってきっといるよ。サーカスに通《かよ》い詰《つ》めてる人とかさ」

「ピエロか……どうせおれの役回りなんてピエロなんだな」

「いいじゃん、風船でプードルが作れるし。僕はチワワがいいけどね。ところでチワワ同士が争ったら、やっぱりチワ喧嘩《げんか》っていうのかなー」

「村田、お前って本当は新橋辺りで酔《よ》っ払《ぱら》ってるおっさん？　あと、ツアコンってのも謎《なぞ》」

「簡単な話だよ。僕も自力で異世界旅行できるようになろうと思ってさ、色々なパターンで練習してみたんだ。中華鍋《ちゅうかなべ》とかシチュー鍋とか行平鍋《ゆきひら》とかミルクパンとか」

「鍋ばっかかよ」

「だってうっかりよからぬ場所で試しちゃって、きみみたいに『水洗トイレから異世界へGO！』なんてことになったら一生の恥《はじ》じゃないか」

「……へこんでるおれに、さりげない鞭《むち》をありがとう。それで、新ユニットってのはツアコン同盟みたいなものなのか？」

「違《ちが》うよ。メガネホワイトとメガネブラック。時と場合によりエロメガネが参入」

「え、エロメガネ。ぶっちゃけありえなーい！　誰《だれ》だよそりゃ、下ネタ好きのおっさんだなきっと。仕事中のセクハラとか平気でするんだぜ、最低だよな」

「報《むく》われないなあ、エロメガネ」

「なんで？　エロメガネって誰よ、おれの知ってる奴《やつ》？」

「誰、誰って、フォンビーレフェルト卿《きょう》の口癖《くちぐせ》が伝染《うつ》ったみたいだね。まあメガネーズ期待の新人に関しては次の『やがて㋮のつくウハニホへ』でその正体が明らかに！」

「ウハニホへって何だよウハニホへって。隠《かく》したいのか明かしたいのかはっきりしろよ」

「きみはウハニホへを見たか!?　湯煙の水飲み場に伝わる血塗《ちぬ》られたウハニホへ伝説の悲劇！」

「結局おまえ、湯煙って付けたいだけなんじゃ……」

あとがき

ご機嫌《きげん》ですか、喬林……で……すー……。
私はもはや、へなへなです。へなへな、へなへなー。
一体何故《なぜ》このような妙《みょう》な場所に「あとがき」があるのかと不思議に思われる方もいらっしゃることと思います。後《あと》にあってこその「あとがき」、こんな位置にいたら「なかがき」もしくは「網走番外地《あばしり》」（違《ちが》う）です。だってここ、文庫の三分の二くらいの場所ですよ。ここで「あとがき」入れちゃったら、この先どうなるの。
実はこの場所に「あとがき」が入るのには、重く悲しい大人の事情があるのです。
喬林「大変ですGEG、十月刊が終わらないであります」
GEG「なにー？　このへなちょこの横幅《よこはば》オーバーめが！　どう終わらないのか言ってみろ」
喬林「はっ！　実は……この内容だと三百ページを超《こ》えるであります……」
GEG「なんだとー!?　仕方がない、では二分冊だ。どうだこれで解決だろう」
喬林「そ、それがGEG、キリのいいところで前後に分けると、もんのすごく暗くて救いのない状態で終わることになるであります……」
GEG「な　ん　だ　と　ー　!?」

毛露露《ケロロ》（ひっそりと伏《ふ》せ字）バージョン、もしくはギーゼラバージョンでお送りいたしましたが、ご理解いただけましたでしょうか。

つまり、私が冗長《じょうちょう》に書いていたせいで予定のページ数では終わりそうになくなってしまった。で、分冊したはいいが、あまりに暗い展開の真《ま》っ直中《ただなか》で切ることになってしまった。このまま続刊までお待たせするのはあまりにも非道、ていうか私自身のテンションにも問題が……ということで、どうにか明るい話で希望を繋《つな》ぐために、短編を収録しておくのはどうだろうか？という苦肉の策です。一応メンバーが揃《そろ》っていて明るい話なので、これで次巻まで、どうにか……どうにかーっ！　ＰＣの正面で土下座を叫《さけ》ぶ。

「優雅な一日」は、今は亡《な》き（いや、生きてるから）次男はいるし、グレタもいるし有利もいるしなんか平和だし、これ一体いつなんだ、時間軸《じく》的にどうなのよ？　と追及《ついきゅう》されると弱いのですが、そこのところ深く考えずに「現在ではないいつか」くらいの気持ちで読んでいただけると嬉《うれ》しいです。

通して読むと結果として「ギーゼラスペシャル」みたいになっておりますが、ついに最後の砦《とりで》だった彼女もこんなことになってしまい、残るはグレタとニコラだけです。楽しみです。

本文中の展開に関してですが、渋谷の部分は自分でも書いていて気が重いです。うーん、早くもテマリさんからいただいた表紙はあんなに明るくて綺麗《きれい》なのになー。反動で他《ほか》の人々のシーンがテンション高くなってしまいます。今回は特に被害《ひがい》を受けたキャラクターが多かったですね。まあ仕方がない、真っ当な人物を魅力的《みりょく》に書くのは難しすぎます。

アニメ化の影響《えいきょう》か、お手紙をとてもたくさん頂戴《ちょうだい》するのですが、その中で皆様《みなさま》が書いてくださっている好きなキャラクターの中に次に壊《こわ》れそうな名前があると「……ごめんなさい」という気持ちになります。ごめんなさい、その人実はもう……。㋮ニメ（と呼ぶ仲間募集中《ぼしゅうちゅう》）では格好《かっこう》いいのに、原作では既《すで》にへなちょこ化していたりすると、寧《むし》ろ私がイメージ壊しているのではないかと密《ひそ》かに反省したりして。でも逆にもっと激しくしてみたりして。

それにしてもアニメって凄《すご》いですね。感想をくださる方の年齢《ねんれい》層もばばんと広がりました。テレビってみんなが見てる魔法《まほう》の箱なんだなあと、妙な感心をしております。ご意見、ご感想のお便り、いつもありがとうございます。襟《えり》を正して、時には正座して読ませていただいています。お返事が出せなくて大変申し訳ないのですが、GEGも私も隅《すみ》から隅まで読んでいますので、今後も色々なご意見をお聞かせください。㋮ニメに関するものでも、原作に関するものでも、どちらもとても参考になります。

そういえばその㋮ニメ（と酔《よ》って連呼する仲間募集中）が、ついにDVDになるそうですよ！　記念すべき第一巻は十月二十九日発売予定だそうです。ギュンター的に言わせると、それは㋮ニメ記念日？　一巻から五巻までをコンプリートしていただくと、世にも恐《おそ》ろしい特典がつきます。誰《だれ》にとって恐ろしいのかはご想像にお任せしますが、不肖《ふしょう》喬林もファーストシーズンコンプリート記念冊子を書かせていただく予定です。こ、こんなところに拇印《ぼいん》つきの誓約《せいやく》書が。署名の文字がヘロヘロだ、酔ってる、明らかに泥酔《でいすい》状態の時にGEGが……。それは冗談としても、そのようなことで特典になりますなら、喜んで。

㋮ニメ以外にもこの先、様々な方面にメディアミックスしていく予定です。詳《くわ》しい情報は、公式サイト「眞魔国　王立広報室」（アドレスはここ→http://www.maru-ma.com）に随時《ずいじ》アップされますので、そちらをチェックしてみてください。十二月には「The Beans《ザ・ビーンズ》」VOL.4も出るそうです。そちらにも出張させていただいていると思います。

さて、これでこんな中間に「あとがき」がある理由と今後の展開がご説明できたでしょうか。……あっ、もしかして巻末にあるから「あとがき」なんじゃなくて、本文書き終えた後に書くから「あとがき」なんですか!?　だとしたら今までの必死の説明がウォーターバブルにー！

いつものことですが、松本テマリさん、ご迷惑《めいわく》かけてごめんなさい。表紙のサラ、最高だー。それからGEGさん（敬称《けいしょう》つき）は、本当はこんな軍曹《ぐんそう》ではありません。いい人ですよー（遠い目）。それでは、少々暗いところで「続く」になっている本編ですが、続刊をお待ちいただけたら嬉しいです。もちろん次はすぐにお届けいたします。ええもうすぐに。すぐに！

続刊『やがて㋮のつく歌になる！』は、今冬発行予定です。

喬林　知

㋮王陛下の優雅な一日

娘《むすめ》のいる生活って本当に素晴《すば》らしい。

予定より三日も早く、グレタが帰ってきた。

その日の午後遅《おそ》く、グレタ帰省の報告に、おれは大広間までの階段を駆《か》け上った。勢いつけて二段抜《ぬ》かしだ。

訳あっておれの娘になった少女は、亡国の王家の末裔《まつえい》であり、同時に眞魔《しんま》国のお姫様《ひめさま》でもある。そのため、教育が魔族と人間どちらかに偏《かたよ》ってしまわないように、友好国であるカヴァルケードの王家に留学中だったのだ。

手紙や鳩《はと》は頻繁《ひんぱん》に来ていたが、実際に会うのはかなり久しぶりだ。

ジョギングに付き合ってくれていたウェラー卿《きょう》が、落ちないでくださいよと笑いながら声をかけてくる。

「陛下、そんなに慌《あわ》てなくとも。またすぐに発《た》ってしまうわけではないんですから」

「そうはいっても一秒でも早く会いたいもんなんだよ。コンラッド、あんたも子供ができたら判《わか》ると思うけど」

「独り者でもそのお気持ちは判りますけれどね」

滑《なめ》らかな石の廊下《ろうか》を一気に駆け抜け、装飾《そうしょく》の多い扉《とびら》の前に立つ。

「陛下、お帰りなさいま……」

おれは衛兵が「せ」を言い終わる前に扉を押し開け、愛娘《まなむすめ》の待つ広間へと駆け込んだ。

「グレタ！」

「ユーリ！」

細かく波打つ赤茶の髪《かみ》と、同じ色の凜々《りり》しい眉《まゆ》。よく日に焼けたオリーブ色の頰《ほお》を綻《ほころ》ばせて、おれの方に振《ふ》り返る。

「おかえりグレ……う……」

最愛の娘に走り寄ろうとしたおれは、だがしかし、動物的本能で動きを止めた。何かがいる。この部屋には何か未知の生命体が。

ブン。

予感は的中した。黒くて大きな物体が、かなりのスピードで頭上を横切ったのだ。少し遅《おく》れて額を風が撫《な》でる。

「な、なんだ!?」

ブン、ゴン。

耳元を剛速球《ごうそっきゅう》が掠《かす》めたような音と衝撃《しょうげき》。敵は高速で飛び回っては、勢い余って広間の壁《かべ》にぶつかっている。

「グレタ大丈夫《だいじょうぶ》……」

「平気だよーユーリ」

少女は満面の笑顔《えがお》でおれに駆け寄り、すんなりと伸《の》びた両腕《りょううで》で思い切り抱《だ》きついてきた。ちょうど鳩尾《みぞおち》辺りに頭がヒットして、一瞬《いっしゅん》呼吸が止まりかける。

ブン、ゴン、ゴゴン、ブンッ。

そうしている間にも黒い物体は高速飛行を続け、懲《こ》りることなく壁にぶつかっている。

「陛下、へいかーっ！」

声が届いてそちらに目をやると、部屋の奥の玉座に隠《かく》れるようにして、美貌《びぼう》の教育係とその部下が縮こまっていた。見慣れたスキンヘッドが午後の日差しにぺかりと輝《かがや》く。

「どうしたギュンター」

「危険です陛下！　私《わたくし》達のことは構いませんから、どうか今すぐにこの部屋をお出になってください！」

「そーですよ陛下、そいつはヤバイ、そいつはヤバイっスよ」

フォンクライスト卿ギュンターと何故《なぜ》かお気に入りの愉快《ゆかい》な部下は、顔色を変えて必死の様相だ。

「あのねユーリ、ギュンターとダカスコスはおおげさなんだよ。危なくないってグレタ言ってるのに」

どちらを信じたものか悩《なや》むおれのすぐ上を、黒い飛行物体が猛《もう》スピードで掠めた。頭上の壁にぶち当たって跳《は》ね返る。

「おや、珍虫《ちんちゅう》だ」

後から入ってきたコンラッドが一番冷静だった。おれとグレタの背中を押してしゃがませる。

「身体《からだ》を低くして。今のところ天井《てんじょう》付近を旋回《せんかい》しているだけだから」

「旋回って。っひゃー！　ブンブンいってるブンブン。ななんだ、何だあれは。グレタは一体何に襲《おそ》われてたんだ⁉」

「違《ちが》うよユーリ、グレタおそわれてないよ。旅の途中《とちゅう》でお友達になったんだもん」

「お友達？　珍虫と？」

珍虫、とコンラッドが言うのだから、不気味な音を立てて飛び回っているのは虫なのだろう。

「うん！　あの子たちのおかげで三日も早く帰ってこられたの」

「まさかグレタ、あの虫にぶら下がって飛んできたのか⁉」

少女は大きな瞳《ひとみ》を可笑《おか》しげに細めた。

「やだなーユーリ、人間は空を飛ばない生き物なんだよ。そうじゃなくて、ブブブンゼミの群れに船をひいてもらったの。すっごく速かったよ、風を切るみたいだった！」

ブブブンゼミ？

あれが蟬《せみ》？　あの巨大《きょだい》な物体が蟬だというのか？

コンラッドが場にそぐわない感嘆《かんたん》の声をあげた。

「ああ、あの幻《まぼろし》の。陛下、もしそれが本当なら、海を渡《わた》って六百数十年ぶりに飛来したことになります。グレタ、蟬の名前を誰《だれ》に訊《き》いたんだい？」

「こんちゅう好きの船長さんだよ。幻のブブブンゼミの足の毛をもらって、泣きながらよろこんでたの」

「脛《すね》……毛《げ》……」

その時、強く壁にぶつかり過ぎた物体が、ボサリという乾《かわ》いた音と共に床《ゆか》に落ちた。巨大だ。おれの身長をゆうに越《こ》える。腹を天井に向けて無様に転がって、毛深い六本の足を不規則に蠢《うごめ》かせ、起きあがろうと足掻《あが》いている。

地球生まれ日本育ち埼玉在住のおれの目には、その姿はどこからどう見ても蟬ではなく……

「待てこれ、こっこれは蟬じゃなくて名前にGのつく生き物じゃないか⁉　おれの大嫌《だいきら》いなGのつく台所昆虫《こんちゅう》じゃねーかっ⁉」

一瞬にして全身に鳥肌《とりはだ》がたつ。この胴体《どうたい》の艶《つや》、茶色い羽根、長い触角《しょっかく》。

「違うよユーリ、どこから見ても蟬だから」

「そうですよ陛下、明らかに蟬ですから」

本当か⁉

「ブブブンゼミというと土の中で七日間眠《ねむ》って地上で七年間生きるという、あの効率のいい珍虫ですかー？」

恐《おそ》る恐るといった様子で、部屋の隅《すみ》からギュンターが尋《たず》ねた。

「こんちゅう好きの船長さんもそう言ってたよ……えいっ」

「あっグレタそんな、素手《すで》で触《さわ》ったら」

あろうことかおれの可愛《かわい》い娘は、ゴ……幻の蟬の腹に手を掛《か》け、力を込めてひっくり返した。

「これでよし、と。平気だよー。グレタ前世は蟬だったんだから」

「やめなさいグレタ、前世のことを語りだしたら人間お終《しま》いだ」

「見ててユーリ。ほーらね、ちゃんと言うこと聞くんだよぉ？　セミニョール、おすわり、お手。こら、どうしてお手しないの？」

巨大ゴ……蟬は機嫌《きげん》を損《そこ》ねたのか、グレタの言うことを聞こうとしない。ていうか蟬であろうが角のないカブトムシであろうが、巨大昆虫にお手を強要するのはどうだろう。だが少女は辛抱《しんぼう》強く、短い命令を繰《く》り返している。

石造りの広間の中央では、ゼミラ対グレタの光景が繰り広げられていた。体長こそ二メートルくらいあるが、どうやら本当に安全な昆虫だったようだ。

いい歳《とし》して椅子《いす》の陰《かげ》に隠れて震《ふる》えていた大人も、怖《お》ず怖《お》ずと子供と虫に近寄ってくる。

おれは安堵《あんど》の溜《た》め息《いき》と共に首を反《そ》らした。すると上を向いた視線の先、天井近くの壁の隅という嫌《いや》な場所に、今見たのと全く同じ物体を発見してしまった。

「げ」

二匹目《ひき》だ。

「せ、セミダブル……？」

「セミダブルじゃないよユーリ。あっちはセミニョリータ。セミニョールの奥さんなの。二匹はとってもらぶらぶなんだよー。どっちも雄《おす》だけど」

「どっちも雄!?」

「うん、そう。うちのおとーさまたちみたいでしょ？」

うちのおとーさまたちというのは、考えたくはないがおれとフォンビーレフェルト卿《きょう》ヴォルフラムのことだろうか。

まさか愛娘に珍虫と同レベルの扱《あつか》いを受けようとは思わなかった。とーちゃん悔《くや》しくて涙《なみだ》がでてくらあ。

「おともだちになったんだよ、セミニョールとセミニョリータ。ねッセミニョール、ほらユーリにも挨拶《あいさつ》して」

『ちゅいーん！』

「ぐは！」

途端《とたん》に昆虫は堪《たま》らなく不快な超《ちょう》音波を発した。歯医者だ、歯医者さんにある削《けず》るマシンの音だ。

「会えてうれしいって」

「判《わか》った、判ったから勘弁《かんべん》してくれ！」

今のが本当に喜びの声だったとしても、日本人にとっては凄《すご》い破壊《はかい》力だ。せっかくだが珍虫とは仲良くなれそうにない。それにしてもいつの間におれの娘《むすめ》は、蟬使いの技《わざ》をマスターしたのだろうか。けれどそんな些細《ささい》なことで悩んでいる暇《ひま》はなかった。未婚《みこん》とはいえ立派な父親を目指すおれには、即座《そくざ》に決断しなければならない事項《じこう》がある。

子供が動物とお友達になった場合、次に来る言葉は大抵《たいてい》予想がつくもんだ。グレタの場合もまさにそれだった。

「ねーユーリ、セミニョール夫妻、飼ってもいいでしょ？」

大きな朱茶《あけちゃ》の瞳をきらきらさせて、グレタは僅《わず》かに小首を傾《かし》げた。

「ね？　おねがーい」

そんな可愛らしくお願いされたら、断固とした態度で拒否《きょひ》できる男親はいない。いや、いるかもしれないが、弱冠《じゃっかん》十六歳のモテないシングルファーザーにはとても無理だ。

「ああーもうっ。その代わり庭で飼うんだからな、絶対にベッドに上げちゃ駄目《だめ》だからなッ」

「ありがとーっ、ユーリ大好き！」

グレタは日に焼けた腕《うで》を回し、おれの首にぶら下がった。ぎゅっとしがみついてくる身体からは、微《かす》かに海の匂《にお》いがした。

「判ったグレタ、判ったから」

どうもこの子はカヴァルケードのヒスクライフ氏の許《もと》で、歴史や政治以外のものも身につけているような気がする。

「うれしい、よかったねセミニョール、セミニョリータからもお礼を言って」

『ちゅいーん！』

「ううっゴメンナサイ歯医者さん！　お礼はいい、お礼はいいから早く部屋から出して。大空を自由に飛ばせてやりなさいって」

「うん」

ところがセミニョール夫妻はブジブジと駄々《だだ》をこねて、なかなか命令を聞こうとしない。虫のくせに虫の居所が悪いようだ。

「どうしたんだろ……あっもしかしておなか減ってるのかも」

「だったら尚更《なおさら》、外に出ないと。蟬の餌《えさ》は木から染《し》みでる樹液なんだから、森で美味《うま》そうな木を探すべきだろ」

ウェラー卿が意味深長な溜め息をついた。口にし難《がた》い事実を知っているようだ。

「あまり面白《おもしろ》くない話なんですが……」

「言ってくれ。いっそスパッと言っちゃってくれ」

「この珍虫の食事は普通《ふつう》の蟬と違って少々独特なんです」

「独特というと？」

節榑《ふしくれ》立った長い指でグレタの髪《かみ》を撫《な》でながら、コンラッドは言った。

「樹液ではなくて、血液」

けつえき。

ああそれは菜の花にたかるアブラムシがケツから滲《にじ》ませる甘い液体のこと、ではなく。

「……つまり恐怖《きょうふ》の吸血昆虫ってわけか」

ちゅいん？　とセミニョリータが今度は疑問系で鳴いた。彼等なりの可愛さアピールらしい。

「まあ必ずしも人の血液とは限らないし、聞くところによるとごく少量らしいので、害虫とも断定できないんですが」

ふと思い当たって、おれは慌《あわ》ててグレタの両肩《りょうかた》を摑《つか》んだ。

「まさかグレタ、既《すで》に船旅の途中《とちゅう》で吸われちゃって、こいつらの意のままに操《あやつ》られてるんじゃないだろうな⁉」

「ううん、グレタ吸われてないよ。こんちゅう好きの船長さんが言ってた。ブブブンゼミはぎきょうしんにあついから、自分より小さいものからは絶対に血を吸わないんだって。船長さんはうっとりして吸われてたけど、ほんのちょっとだよ、ほんのちょっとで三日も四日も満腹で、すごい速さで船を引っ張ってくれたの」

「ははあ、かなり燃費がいいんですね」

「感心してる場合じゃないだろ、コンラッド」

それどころか緊急事態《きんきゅう》だった。

決して自分達よりも小さい者からは吸血しないという、義侠心《ぎきょうしん》に篤《あつ》い珍虫《ちんちゅう》夫妻セミニョール・セミニョリータは、よく動く頭部で周囲を観察し、ターゲットをロックオンしたらしい。艶《つや》めく長髪《ちょうはつ》の超絶美形と、輝《かがや》く頭部の小心庶民《しょみん》という、一風変わった主従コンビに狙《ねら》いを定め、のっしのっしと歩いてゆく。

「ひー！」

ギュンターとダカスコスは恥《は》ずかしい悲鳴をあげて、壁際《かべぎわ》に追い詰《つ》められた。

「ちょっとだけだから、ギュンター、ちょっとだけだからー。ちょっとチクッとするだけだからー……多分」

「そそそそうは仰《おつしや》っても陛下ッ、私とてこのような蟬《せみ》にっ、蟬に血を提供するために今日まで生き長らえてきたわけではござ……ううぎゃぁぁぁぁ」

「あっそんな細い管で刺《さ》したらあぁあっ助けてブリンちゃぁぁぁ……」

さようなら、そしてありがとう。フォンクライスト卿ギュンター、リリット・ラッチー・中略・ダカスコス。あんた達の尊い犠牲《ぎせい》は決して忘れない。

おれとコンラッドは、巨大《きよだい》蟬の情熱的な愛情でもって床《ゆか》に押し倒《たお》される二人を見つつ、静かな口調で語り合っていた。

「蟬だ。確かにあのストロー状の口は蟬だな。ゴキブリじゃない」

「そんなことより陛下、今夜グレタの帰省歓迎《かんげい》パーティーやりますか」

「うん、やろう。気の置けない身内だけで。ところで陛下って呼ぶな名付け親」

「すみませんユーリ、ついいつもの癖《くせ》で」

グレタはおれの腰《こし》に抱《だ》きつき、邪気《じゃき》のない瞳《ひとみ》を輝かせて見上げてくる。

「ねえユーリ、気に入った？　セミニョール気に入った？　ユーリの珍獣《ちんじゅう》これくしょんの役に立つ？」

「珍獣コレクションー⁉」

収集しているわけではないのだが。


グレタの帰省パーティーは、身内のみの無礼講だったはずが、妙《みょう》にハイテンションで精力的なギュンターの活躍《かつやく》で、結構大掛《おおが》かりな宴《うたげ》になってしまった。

「元気だなあギュンター」

「はい陛下！　不思議なことにこの私、現在は気力体力時の運とともにこの上もなく充実《じゅうじつ》しているのです。何と申しますかこう、身体《からだ》の奥底から湧《わ》き上がる衝動《しょうどう》に突《つ》き動かされているといいますか」

麗《うるわ》しい顔を紅潮させて、ギュンターは拳《こぶし》を握《にぎ》り締《し》めた。鼻息が荒《あら》い。強壮剤《きょうそうざい》でも一気飲みしたみたいだ。

「んはー！　精神的にも様々なしがらみから解き放たれ、んはー！　まるで自分自身が生まれ変わったような気分なのです、んはー！　思えばあの珍虫の吸血行為《こうい》によって何かが壊《こわ》れ、これまで自分を縛《しば》り付けていた古い観念を、きっぱりと捨て去ることができたのかもしれません、んはー！」

「あんたはとっくに色々なものを捨ててるんだと思ってたよ」

逆におれは、この機に乗じて謁見《えっけん》を求める人々や、献上品《けんじょうひん》を差し出す人々の相手に忙殺《ぼうさつ》されて、肝心《かんじん》のグレタの相手をする暇もない有様だった。やっとのことで大宴会《だいえんかい》を終えるともう深夜で、子供は寝《ね》る時間、野球小僧《こぞう》も寝る時間だ。

靴《くつ》を脱《ぬ》ぎ、冷たい床を裸足《はだし》で歩いていたグレタが、不服そうな声をあげた。大人ぶって踵《かかと》の高い靴を履《は》いたせいか、少女の足の裏は赤く腫《は》れている。

「えー、どうしてユーリと一緒《いっしょ》にねたらいけないの？」

そんな悲しげな顔をされてしまうと、言い聞かせるこちらの決意も鈍《にぶ》る。しかしグレタはもう十歳だ。兎《うさぎ》小屋と称《しょう》される日本の一戸建てに住んでいたおれだって、小学校入学時からは一人で寝ていたんだから、彼女も個室に慣れるべきだろう。くー、子離《こばな》れって辛《つら》いなあ。

パパの心子知らずの言葉どおり、グレタは凛々《りり》しい眉《まゆ》を寄せてご機嫌斜《きげんなな》めだ。

「今日はヴォルフがいないから、ユーリの隣《となり》をひとりじめできると思ったのに」

「けどなグレタ、結婚《けっこん》前の淑女《しゅくじょ》は一人で寝るものなんだよ」

「じゃあグレタいますぐおとーさまと結婚する！」

「親子は結婚できないの」

あと何回こんなくすぐったいことを言ってもらえるだろうかと、心の中で涙《なみだ》を拭《ぬぐ》ってしまった。そんなところだけすっかり親父《おやじ》だ。

「つまーんなーい。せっかくピッカリくんち秘伝のひろうかいふく筋肉もみほぐし術を教わってきたのに」

「ひ、秘伝？」

ちょっとだけ体験してみたい気もするが、今夜のところはお預けだ。

ちょうどそこへ酔《よ》った男数人をぐるぐる巻きに縛り上げ、肩に載《の》せて運んでいたアニシナさんが通りかかった。あの連中を何に使うのかは、決して尋《たず》ねてはいけない秘密だ。

「おや陛下、何かお困りのご様子。もしもわたくしの魔動《まどう》で解決できる問題ならば、喜んでお手伝いいたしますが。いえ、助成金など目的ではありません。ただ使用前・使用後の素描《そびょう》と一緒に、使い心地《ごこち》に関する案統計《あんけーと》にご協力くださるだけで結構です」

高い位置で結んだ深紅《しんく》の髪を一振《ひとふ》りすると、泥酔《でいすい》したままの荷物を乱暴に放《ほう》る。

「ではグレタ、今宵《こよい》は寂《さび》しくないように、わたくしの夜の自信作をお使いなさい」

一体どんなマジックなのか、それともこれこそが魔動なのか、フォンカーベルニコフ卿《きょう》アニシナ嬢《じょう》は五、六個の枕《まくら》をどこからともなく取り出して積み上げた。

「名付けて、魔動抱き枕戦隊・あーなーたーのー胸でー眠《ねむ》りたいー！　さあどれがいいですか？　暑苦しい正義感でいつでも大爆睡《ばくすい》の眠り隊・赤と、冷たい二枚目で静かな安眠《あんみん》を誘《さそ》う眠り隊・青、植物の香《かお》りで熟睡《じゅくすい》を約束する眠り隊・緑に、寝言はいつも『もう食べられナーイ』と決まっている眠り隊・黄色。更《さら》に桃色《ももいろ》の夢を見られる大人の枕、眠り隊・桃。極《きわ》めつけはこれ、過去の楽しい思い出が甦《よみがえ》る眠り隊・白銀。ちなみに外袋《そとぶくろ》は全《すべ》て黄土色ですが、負数良音《まいなすいーおん》が発生するという噂《うわさ》もある砂熊笹《すなくまざさ》の粉末が織り込まれています」

「すごーい！　魔動の力でかいてきすいみんなんだね？」

「他《ほか》にも読みかけの物語の結末が判《わか》ってしまうネタバレ枕、強い不快感で使用者を絶対に眠らせない反省枕などがあります。さあグレタ、どれでも好きな魔動抱き枕をお選びなさい」

「そうだなあ、グレタはねえ……」

見たこともないような流線型の枕を前に、子供の眠気は吹《ふ》き飛んでしまったようだ。

「桃色だけはやめておきなさい、桃色だけはッ。それは寧《むし》ろおとーさんによこしなさい」

結局グレタは緑色の細長い枕を抱《かか》え、おれの頬《ほお》に可愛《かわい》らしくおやすみのキスをして寝室《しんしつ》に去っていった。残されたおれたちは用途《ようと》の違《ちが》う寝具を前にして、どれにするべきか迷っている。

おれの視線の先に気付いたのか、コンラッドがそっと耳打ちしてきた。

「さっきから桃色枕ばかり見詰めているようですが……見たいんですか？　ピンクな夢」

「見たい。モテない野郎《やろう》のせめてもの楽しみ。ホテルでこっそり有料チャンネルと同じくらい見たい」

ウェラー卿は嫌味《いやみ》のない横顔で、話の判る名付親という態度をとった。

「そうきっぱりと言われると、俺としては止めようもないなあ。ではどうぞ、お持ちください。陛下もお年頃《としごろ》ですから、自己責任ということで」

「でもギュンターが物凄《ものすご》い目でこっち見てんだよな」

「……なるほど」

親指と人差し指で顎《あご》を撫《な》でると、自分が桃色枕を掴《つか》んだ。ギュンターが意外そうな顔をする。

「コンラート、あなたが桃色枕を？」

「そう驚《おどろ》かれるとちょっと照れるが、何しろ淋《さび》しい独り者なんでね。もしかして狙ってたかな？　だったら譲《ゆず》ろうか」

「い、いいえとんでもない！　そのような破廉恥《はれんち》なことをッ。私は枕が変わると眠れない質《たち》でして」

「神経質だな。では陛下はこれを。過去の思い出に浸《ひた》るのも、たまにはいいものですよ」

ピンクじゃなけりゃどれだって同じと落胆《らくたん》するおれに、「後で交換《こうかん》しましょう」と小声で囁《ささや》きながら白銀枕を渡《わた》す。

「では、残ったこの赤と青を、同時にフォンヴォルテール卿に抱かせてみましょう。果たしてどちらの魔動抱き枕が勝り、グウェンダルがどのような苦……睡眠を得るのか。興味深い」

自分では何一つ実験しようとはせず、全て他人のデータで済ませる気だ。アニシナさんけいつでも楽しそうで、彼女の空色の瞳は深夜にもかかわらず、知性と好奇心《こうきしん》ともっと別の危ない何かで煌《きら》めいている。

俄《にわか》にグウェンダルが気の毒になった。彼の人生に幸《さち》多かれ。

「よーし、練習試合での代打サヨナラ犠牲《ぎせい》フライ、代打サヨナラ犠牲フライ……」

残念ながら夢を選ぶ機能はついていなかったらしい。


普段《ふだん》なら、血盟城《けつめいじょう》の朝はかなり遅《おそ》い。おれとウェラー卿が日課のロードワークを終えて帰って来る頃に、やっと他の住人達が起き始める。

もちろん厨房《ちゅうぼう》や兵舎では人々が忙《いそが》しく働いているのだが、事実上城を動かしているフォンクライスト卿とフォンヴォルテール卿は、殆《ほとん》ど一年中フレックスタイム制だ。

ところが今日に限っては違った。

まだ日も昇《のぼ》りきらないうちから、特別行事があるからとコンラッドが起こしにきたのだ。

「いい夢みられましたか」

「うーん……なんか怖《こわ》い人魚の男達がパレードしてる夢を延々と……あんなのがおれの楽しい過去なのかね」

「幼児期の記憶《きおく》なんてあやふやなものだから。交換できなくてすみませんでした。戻《もど》ってみたら、もうぐっすりお休みだったので」

おれはベッドの上で思い切り伸《の》びをした。背中を丸めて寝ていたらしく、脊椎《せきつい》の周りで筋肉が強《こわ》ばっている。

「そうなんだよな。慣れないパーティーで疲《つか》れちゃったのか、不覚にも一、二、三、ぐー、だったんだよな。ヴォルフの朝帰りにも気付かなかったよ」

未明に戻ったらしいフォンビーレフェルト卿は、おれの隣で大欠伸《おおあくび》をしていた。

「あーあ、美少年台無し」

「うるひゃい」

「二人とも、寝起きでぼんやりしているところを申し訳ないが、早めに食事を済ませてください。とにかくグレタが寝坊《ねぼう》している朝のうちに、一通り済ませてしまわなくてはなりませんから。ヴォルフラム、朝食は？」

返事を待たずに係の人を手招く。銀のワゴンをしずしずと押しながら、顔見知りの給仕が入ってきた。ルームサービスだ。平日の朝から優雅《ゆうが》なこと。

「食うよなヴォルフ？　朝はきちんと食べないと身長伸びないぞ。ああ、八十二歳じゃもう無理か」

「お茶だけでいい。昨夜ちょっと飲み過ぎた」

金髪碧眼《きんぱつへきがん》の美少年なのに、二日酔《ふつかよ》い。そう言われてみれば顔もややむくみ気味、お肌《はだ》も心なしかテカっている。

「そういえばお前、昨日は途中で抜《ぬ》けたきりだったよな。どこ行って……ああごめん！　今のはプライベートを詮索《せんさく》し過ぎでした。恋愛《れんあい》とかそういう方面のことは、突《つ》っ込んで訊《き》くつもりないから」

「恋愛だと？　違うぞ、旧《ふる》い知人が訪ねてきたんだ。ぼくをお前みたいな尻軽《しりがる》と一緒《いっしょ》にするな」

どうせそのうち自慢《じまん》せずにはいられなくなり、周囲に嫌がられるんだから。

「はいはいはいはい、すんません」

ワゴンに並べられた皿のうち、卵料理の味見をする。

「でもさー、なんかちょっと安心したよ」

「何がだ」

「お前にもちゃんと同年代の友達がいるって判ってさ。あ、別に同年代じゃなくてもいいんだけどさ。まだ若く見えるのに、ずーっと城に詰《つ》めっぱなしだから、正直友達いないんじゃないかって心配してたんだ。たまには同窓会の幹事でもしてさ、学生時代の友達とも会ったほうがいいぞ」

「余計な世話だ」

受け取るだけ受け取った熱い紅茶のカップに口も付けず、サイドテーブルに置いてしまい、低血圧らしい美少年は再びベッドに潜《もぐ》り込んだ。

午前中を寝《ね》て過ごすつもりらしい。

「不健康だなあ、起きられないほど飲み過ぎるなよ」

弟のだらしのない様子を眺《なが》めて、コンラッドは苦笑《くしょう》している。

「仕方がない、フォンビーレフェルト卿《きょう》は病欠だな」

「その特別行事ってやつ？　結局それ、どういうことするわけ？」

湯気を立てる朝食と一緒に居間に移動しながら、おれは着慣れた学ランの襟《えり》をとめた。これで制服もばっちりお仕事モードだ。

「訓練に関しては、私からご説明いたしましょう！」

開けたままの扉《とびら》を颯爽《さっそう》とくぐり抜けて、早朝からテンション高い男が入ってきた。薄《うす》灰色の長い髪《かみ》を靡《なび》かせたフォンクライスト卿だ。

「ぎゅ、ギュンター。元気潑剌《はつらつ》？」

「おふこーす！　おはようございます陛下、本日は天候も快晴、南南西の微風《びふう》により気温も平年並み、暗殺訓練にはりってつけの日和《ひより》となりました」

「暗殺訓練!?」

おれの頭の中に、黒装束《しょうぞく》の忍者《にんじゃ》集団がずらっと並んだ。殿《との》、お命頂戴《ちょうだい》つかまつりまするー！　手裏剣《しゅりけん》、煙玉《けむりだま》、水遁《すいとん》の術、にゃんまげ、日光江戸《えど》軍団村。日光なのか江戸なのかしかも猿《さる》なのか村なのか、はっきりしろ。

それを、おれに、やれと!?

「こ、この国は王様にまで暗殺仕事が回ってくるのかな。い、いや暗殺なんて良くない、絶対に良くないけど、もし万が一そういう事態になったら、えーとー、ゴルゴに任せるのが安心なんじゃないの？　おれはホラ、殺人ファウルをかっ飛ばせる程《ほど》のスラッガーでもないし、かといってランナーの頭にぶつけられる程の強肩《きょうけん》でもないしさ」

「め、滅相《めっそう》もございません陛下！」

超絶《ちょうぜつ》美形は眉《まゆ》をハの字に下げ、大慌《おおあわ》てで首を振《ふ》った。よく手入れをされたサラサラの長い髪が揺《ゆ》れる。

「魔王《まおう》陛下が御《おん》自らお手を下されることなど、何一つございません。この訓練は逆に陛下の御身の安全のため、非常事態に備えての周囲の者達の訓練なのです」

「あ、なーんだ、暗殺の練習じゃなくて、されないように気をつけようっていう防止訓練なわけね。あー良かった、おれはまた赤い点の出るライフル持たされて、眉毛太く描《か》かれるのかと思ったよ」

「歴代魔王陛下も年に一度は必ず果たされていたお勤めです……ツェツィーリエ上王陛下を除かれてですが」

「なんでまたツェリ様だけは免除《めんじょ》だったんだろ」

「それはもう……」

ギュンターは過ぎ去った苦難の日々を想《おも》うように、物悲しくも遠い目をした。

「ツェリ様のお命を狙《ねら》える者など、この世の中には存在いたしませんからね。それどころか百名の屈強《くっきょう》な兵士達をもってさえ、傷一つ負わせることもできません」

「強いんだな、恐《おそ》ろしく強いんだな？」

なんとなく複雑な溜《た》め息《いき》。

「お強いどころか。暗殺を企《くわだ》てて近付いた男達が、逆に悩殺《のうさつ》されて返り討《う》ちに遭《あ》うこともしばしばで……」

「待てギュンター、強いの意味が変わってきてるぞ。ていうかそんなに何度も狙われてるのかツェリ様は」

眞魔国の治安はいいと思っていたが、結構物騒《ぶっそう》なのだろうか。

「言いたいことは判《わか》ったよ。おれは狙われやすいへなちょこだから、防暗殺訓練で危機管理しろってんだな」

「そんな、陛下！　私は貴方《あなた》様がへなちょこだなどとは一度たりとも思ったことはございません！　陛下は、そう、喩《たと》えるならば僻地に咲《さ》く民《たみ》の心を和ませる一輪の百合《ゆり》。或《ある》いは国の宝たる超豪華《ごうか》な薔薇《ばら》。いっそこの世界にひとつだけの花」

「……そこまで言うなら寧《むし》ろへなちょこの方向でお願いします」

「とにかく、グレタが寝ているうちに済ませてしまわないと」

カップに湯気の立つ紅茶を注いでいたコンラッドが言った。

「暗殺なんて言葉を聞かせたら、あの子が傷つくでしょう。本来なら帰省前に行う予定でしたが、珍虫《ちんちゅう》のお陰《かげ》で到着《とうちゃく》が早まりましたからね」

「……そうだよな」

グレタとの衝撃《しょうげき》的な出会いを思いだした。やむを得ぬ理由があったとはいえ、あの子がおれに刃《やいば》を向けたのは変えようのない事実だ。決して変えられない過去だからこそ、本人は酷《ひど》く悩《なや》んでいる。まだ十年しか生きていない女の子が、自分の過《あやま》ちと必死で闘《たたか》っているんだ。

「グレタをこれ以上苦しませたくないよ。判った。即行《そっこう》で食っちゃうから、早く始めよう」

焼きたての香《こう》ばしいパンを齧《かじ》る。今日はゆっくり味わっている暇《ひま》はない。

城内での訓練……通路の角からモンスター風の被《かぶ》り物の兵士が跳《と》びだし、如何《いか》に冷静に対処できるかというお化け屋敷《やしき》みたいなもの……をクリアして、おれたち一行は連れだって街に出た。続いてはパレード中の市街地における訓練だ。

「……人通りがまったくない」

白とベージュの石造りのストリートは、普段《ふだん》の賑《にぎ》わいが嘘《うそ》のように静まり返っていた。

「当然です。この暗殺訓練のために、午前中いっぱいは全市民の通行を禁じ、歩行者地獄《じごく》にしておりますから」

「歩行者地獄……でもこんな特別な環境下《かんきょうか》で訓練しても、実際にはあまり役に立たないいんじゃないかな……」

「本来なら朝のこの時間帯は、市場も商店街も最も活気づく、いわゆる掻《か》き入れ時という黄金時間らしいのですが」

「うっわそんな、市民の皆《みな》さんに迷惑《めいわく》かけてまで、起こるかどうかも判らない暗殺に備えなくても」

「しかしそこはそれ、眞魔国国民は全《すべ》てが陛下のしもべでございますから、陛下のお役に立てるのならばと総員すすんで店を閉め、家の奥に縮こまり息を潜《ひそ》めて見守るという徹底《てってい》ぶりです」

「聞けよギュンター。おれこんなことで嫌《きら》われたくないいんですけ……」

牛アンドカエルの店と書かれた角を曲がった時だった。

「弓隊、構えーっ」

「ううわっ」

フォンクライスト卿が秀麗《しゅうれい》な顔を引き締《し》めて、よく通る美声で号令をかける。これまで姿もなかったのに、建物という建物の屋根に一斉《いっせい》に立ち上がる弓兵達。おれは恐怖《きょうふ》のあまり頭を庇《かば》ってしゃがみ込んだ。自分が射られると思ったのだ。だが眞魔国全土から選《え》りすぐられたエリート警護隊員の皆さんは、もちろんおれたちではなく、家々の角に起き上がった看板を正確に射貫《いぬ》いた。

全部で十体程の看板には、それぞれ人間の姿が描《えが》かれていた。総天然色等身大、一枚ずつ別のキャラクターだ。バナナを叩《たた》き売ろうとしているおじさん、水晶《すいしょう》玉を持った老人、大荷物を抱《かか》えた主婦らしき女性。ん？　主婦？

「何てことだ！　買い物中の奥さんを一人誤って射貫いちゃってるぞ!?　ああもうっ、最悪だ。一般《いっぱん》市民を犠牲《ぎせい》にしてどーすんだよッ」

フォンクライスト卿は腰《こし》に両手をやり、不敵な笑い声を発した。

「陛下、どうぞよくご確認《かくにん》ください。そこな女の持ち物を」

「え」

板に描かれた女性をまじまじと眺める。ごく普通の家庭の主婦らしく、食材でいっぱいの袋《ふくろ》を抱えていた。入り切らなかったフランスパンが、十五センチほど突《つ》きだしている。

「特に怪《あや》しい物は……」

「その長麵麭《パン》をよくご覧ください。麵麭と見せ掛《か》けて実は剣《けん》の柄《つか》！　お買い物途中《とちゅう》の若奥様が、何故《なにゆえ》長剣などを荷物に忍《しの》ばせましょうや。その女は主婦を装《よそお》った敵の刺客《しかく》！　当方の優秀《ゆうしゅう》な警護部隊はその変装を見破ったのです」

「え、普通にパンに見えるけどね。剣だとしても旦那《だんな》さんに頼《たの》まれて、鍛冶屋《かじや》から引き取ってきたんだったらどーすんの。クリーニング出してたスーツみたいにさ」

「え、ええっそんなはずは」

フォンクライスト卿《きょう》は少々顔を強《こわ》ばらせ、ベニヤ板をひっくり返して裏の説明書きを読み上げた。

「悪の組織の女性工作員三号。符号名前《こーどねーむ》は『ときめき若奥様』。その可憐《かれん》な外見とは裏腹に冷《れい》酷《こく》無比。どのような困難な任務であっても、冷静沈着《ちんちゃく》に己《おのれ》の使命を確実に果たす。そこには如何なる感情も介入《かいにゅう》しない。武器は腿《もも》に仕込んだ投げナイフ。袋からはみ出しているのは剣の柄に見えるが、ただの麵麭……ふーよかった。やはり敵だったようです」

「結局フランスパンだったんじゃないか。ていうかこれ、このダミー全員にそんな細かいキャラ設定があるのかよ⁉」

「もちろんです陛下。国中から集めた板人間製作職人が、みっちり一年かけて作り上げた力作ですからね。因《ちな》みにこれが符号名前《こーどねーむ》『働くおじさん』、こちらが『胡散臭《うさんくさ》い占《うらな》い師』、あそこに転がっているのが指導者の『猫《ねこ》大好きフルシチョフ』です」

ろうに」

「フル……猫好きだったのか。いや、それにしたってそんな細かい人物像作らなくてもいいだ

店の角や樽《たる》の後ろに射貫かれて倒《たお》れている板人間達が、急に気の毒になってきた。そこまで拘《こだわ》る理由がどこにあるというのだ。

フォンクライスト卿は誇《ほこ》らしげに反り返った。

「いかがです陛下、この百発百中の成績は。我が警護部隊の優秀さにはご満足いただけたと存じま、うっ」

泥《どろ》が跳《は》ねるような音がして、ギュンターの美しい髪《かみ》を何かが汚《よご》した。すいと空を横切った鳥が、頭の天辺《てっぺん》に糞《ふん》を落としたのだ。緑と白の混ざった粘液《ねんえき》が、額に垂れる。

まったく口を挟《はさ》まなかったコンラッドの肩《かた》が揺《ゆ》れた。

「どうやら上空からの攻撃《こうげき》には、弱かったようだ」

「笑っちゃ悪いよコンラッド。数センチずれれば、ほら、おれに命中してたかもしれない。それをギュンターが身代わりになって糞害を被《こうむ》ってくれたわけだし」

「……です」

「は？」

俯《うつむ》いたままの教育係の声が聞き取りにくく、二人同時に問い返してしまった。フォンクライスト卿ギュンターは、拳《こぶし》を微《かす》かに震《ふる》わせている。

きっと顔を上げると、眉《まゆ》は吊《つ》り上がり口元は怒《いか》りに引攣《ひきつ》っていた。スミレ色の瞳《ひとみ》の中には、青白い炎《ほのお》が見えるようだ。

「あの鳥……あの鳥こそが陛下のお命を狙《ねら》う狼藉者《ろうぜきもの》です！　何をしているのですか、今すぐにあの無礼な鳥を捕《と》らえなさい！　とっ摑《つか》まえてフライパンで揚《あ》げておしまいなさい！」

「待て待てギュンター、そんなバカな。糞じゃ死なない、鳥の糞じゃおれを殺せないから」

「陛下、なーにを悠長《ゆうちょう》なことを仰《おつしや》っておいでですか！　あれこそまさに我が国の騒乱《そうらん》と転覆《てんぷく》を狙う敵に放たれた憎《にく》むべき刺客。西方の呪術師《じゆじゆつし》には鳥の唄《うた》を歌い、白らの手足の如《ごと》く使う者もいると聞き及《およ》んでおります」

「鳥人間コンテスト？」

「いえ名前までは判明しておりませんが……ともかくっ、誰《だれ》か早くあの鳥をッ！　ぬぬー、トリニクーイトリニクーイ」

　憤怒《ふんど》のあまり髪まで逆立てそうだ。こうなるともうおれの手には負えない。やれやれと肩を竦《すく》めたコンラッドが、息を呑《の》んで見守る兵士達に声を掛けた。

「フォンクライスト卿が乱心された。係の者かギーゼラを呼んでくれ」

　係の人がいたのか。だが、担当者が到着する前に、訓練中のストリートにはもっと重大な事件が起こってしまった。

　蟻《あり》の子一匹《ぴき》通さないはずの歩行者地獄に、しかもエリート警護隊員によって完璧《かんぺき》に守られているはずの王の目の前に、おれより幾《いく》らか年下の少年が一人、ぽつんと立っていたのだ。

「あの、陛下」

「き、きみ一体どうやって……」

しかもよりによって大振《おおぶ》りの剣を抱えている。鞘《さや》に収まったままだとはいえ、長さや重さは大凡《おおよそ》の見当はつく。そこらの子供が扱《あつか》えるような武器ではない。

「曲者《くせもの》ダーっ！　斬《き》り捨てーぃ！」

「まあちょっと待て、落ち着くんだギュンター」

興奮する教育係をいなし、コンラッドは相手の顔をまじまじと覗《のぞ》き込んだ。

「誰かと思ったら。鍛冶屋のシコードの末息子《むすこ》だな？　城の出入りで、農具や厨房《ちゅうぼう》の道具を手掛けているはずですが。名前は？　どうしてそんな大振りの剣を持っているんだ」

見た目だけなら十二歳くらいの少年は、灰色の瞳を不安げに動かしながら答えた。

「ヘリオといいます。あのっ、あの、父さ……父が、王様に献上《けんじょう》するために鍛《きた》えた剣なので。「絶対に魔王《まおう》陛下に献上するんだって言ってて……」

「ではヘリオ、何故シコードは自分で城まで持ってこない？　請《う》け負った品を納めに登城する日に、謁見《えっけん》を申し入れればよかっただろう。しかも今日は行事のために歩行者地獄だと、昨夜のうちに触《ふ》れが回ったはずだ」

少年は可哀想《かわいそう》なくらいに声を震わせていたが、伝えるべき事はきちんと弁《わきま》えているようだった。

「知ってます、知ってますけど、でもどうしても！　どうしても父さんが生きてるうちにッ。陛下に最高の剣をお捧《ささ》げするのが父さんの夢だったから」

「生きてるうちって……どういうこと」

口を挟んだおれに向かって、背の低い頭を何度も下げる。

「お願いです陛下、店を継《つ》いでからずっと農具を鍛え続けてきた父さんの夢なんです。死ぬまでに一度でいいから、陛下に立派な剣を捧げたいって」

少年は抜《ぬ》き身の剣をおれに差し出した。柄には植物を模した細工が施《ほどこ》され、刀身には一点の曇《くも》りもない。細く優美な姿は戦闘《せんとう》用というよりも、権威《けんい》を表す装飾《そうしよく》品としての価値が高そうだった。

おれはゆっくりと両肘《りようひじ》を上げ、ヘリオの持つ芸術品に手を伸《の》ばした。

「いただくよ、喜んで」

「陛下……本当に？」

「もちろんだ。お父さんに伝えてくれ。素晴《すば》らしい品をありがとうって」

不安に揺れていた少年の灰色の瞳が、安堵《あんど》のため盛り上がった涙《なみだ》に覆《おお》われる。

おれの指が冷たい金属に掛かろうとした時だ。

「だめーっ！」

聞き慣れた声が耳に入ってきたと思ったら、振り向くよりも先に小さな風が腰《こし》の脇《わき》を通り過ぎた。肩を掴もうと手を伸ばすが、子供の俊敏《しゅんびん》な身体《からだ》はおれの腕《うで》を擦《す》り抜けて、前に立ってい た少年に勢いよくぶつかる。

「あっ」

ヘリオはもんどり打って転がり、掴み損《そこ》ねた剣は石畳《いしだたみ》に落ちて澄《す》んだ音を立てた。コンラッドが素早《すばや》くそれを拾う。

「グレタ⁉」

日に焼けたオリーブ色の肌《はだ》に、細かく波打つ赤茶の髪。細い手足を限界まで伸ばし、おれと少年の間に立ちはだかる。

鍛冶屋の息子にタックルを喰《く》らわせたのは、昨夜の疲《つか》れで寝坊《ねぼう》しているはずのグレタだった。

「ユーリには、ゆびいっぽんさわらせない！　絶対ぜったいさわらせない！」

朱茶の瞳を野生の山猫《やまねこ》みたいに光らせて、敵とみなした相手を威嚇《いかく》している。興奮と緊張《きんちょう》で、肩が微かに震えていた。パジャマに上着を羽織っただけの恰好《かっこう》だ。髪にはまだ僅《わず》かに寝癖《ねぐせ》が残っている。

「ユーリを傷つけるひとは、グレタが絶対にゆるさないからっ」

「……え……陛下を傷つけるなんて、そんな畏《おそ》れ多いこと……」

年上のはずなのにヘリオはすっかり怖《お》じ気《け》づき、尻餅《しりもち》をついたままで青ざめた。警護隊の兵士がやっと走り寄り、少年を立たせようと腕を摑む。

おれは勇ましい娘《むすめ》の肩に両手を置き、安心させようと口を開いた。

「違《ちが》うんだグレタ、この子は鍛冶屋《かじや》の家のお使いで」

「ユーリに剣《けん》を向けてたよッ」

「おれにくれるつもりだったんだ」

「そんなのわかんない！」

細かく波打つ髪をうち振って、グレタは言葉を遮《さえぎ》った。悲鳴みたいに聞こえた。

「そんなのわかんないよユーリ！　嘘《うそ》かもしれないもん。ユーリに近づくために、嘘をついたのかもしれないもん」

「まさか。だってまだ子供だよ？」

「だめ」

短い否定の言葉だけ、細く悲しく消え入るような声になった。だがすぐに、強い感情をこめた語調になる。

「子供だからって信じちゃだめ！」

叫《さけ》んだ拍子《ひょうし》に背中がおれにぶつかった。熱い。

「子供だからって、みんないい子だなんて、信じちゃだめ」

「なんで……」

「グレタがそうだったもん！」

両手を広げ、おれを庇《かば》うように立ちはだかったままだ。

「グレタ、ユーリを刺《さ》そうとしたんだよ。あ、あんさつ、しようとしたんだよ。子供だけど、子供だったけど、悪いことをしようとした。一生ゆるされないことをしようとしたんだよ。罪をおかしたんだよ！　子供だからって信じちゃだめ。武器を持ってたら、い……いい子じゃ……ないんだから……っ」

叫び声の最後が掠《かす》れて消える。泣かないで、と思った。もう泣かないでくれ。そんなに必死で償《つぐな》わなくていい。そんなに一生懸命《けんめい》、自分の過ちと闘《たたか》わないでほしい。

しゃがみ込んで強引に振り向かせ、抱《だ》き締《し》める。微《かす》かに緑の匂《にお》いがした。

「そんなことない。子供はみんな、いい子なんだよ。悪いことなんか企《たくら》んでないんだ。グレタはいい子だよ、最初からいい子だった。元気で、勇気があって、とても優《やさ》しい。知ってるだろ？　おれの大切な、世界中で一番好きな女の子だ」

「そんなことない。そ、そんなこと……そんなこと……っ」

「おれは知ってたよ。グレタは知らなかったかもしれないけどね。そういうの、自分では気付かないものなんだ」

ふと見下ろすと、少女の素足が目に入った。靴《くつ》も履《は》いていないじゃないかと言いかけて、おれは喉《のど》が詰《つ》まって言葉が出なくなってしまった。石にでもつまずいたのか、親指の爪《つめ》には血が滲《にじ》んでいる。

「部屋からここまで、裸足《はだし》で……走ってきてくれたんだな」

血を流してまで、おれを守ろうと、両腕を広げてくれたんだな。

「ありがとう」

「だって」

細い指がぎゅっと服を摑《つか》む。閉じた瞼《まぶた》から零《こぼ》れる涙が止まらない。

「ユーリの役に、たちたいの」

どうしてとは聞き返せなかった。

「グレタ、ユーリの役にたちたいの。だってそうしないと」

しゃくり上げる少女の肩《かた》を撫《な》でて、コンラッドが宥《なだ》めるように囁《ささや》いた。

「落ち着いて、ゆっくり息を吸うんだ。そうすれば涙は自然に止まる」

もらい泣きで自らも鼻水まみれなギュンターが、グレタにハンカチを差し出しながらやんわりと離《はな》れるよう促《うなが》した。ぎゅっと肩を摑んだまま断る。

「いいんだ」

しゃがみ込んだ肩の辺りに少女の頭がある。額をおれの服に擦《こす》りつけている。

「いいんだ、このままで」

「ですが陛下……」

「いいんだって。ああ、ちょっと訓練の終了《しゅうりょう》が遅《おく》れて申し訳ないけど、もう隠《かく》すべき相手にはバレちゃったんだしさ。なあ、言っておくけど、グレタ」

話し掛《か》ける相手をすぐに戻《もど》す。声を大きくする代わりに、腕の力を強くした。

「役に立つとか立たないとか、そんなのは関係ないから。考えたこともないから。役に立たない子を嫌《きら》いになるなんて、おれがそんな奴《やつ》に見える?」

少女は泣き声を堪《こら》え、すっかり濡《ぬ》れた瞳《ひとみ》で見上げてきた。

「……おれはそんな最低な男かな」

「違うよ、違う。これはね、グレタの気持ちなんだよ。アニシナが言ってたの。気持ちなんだよ。態度で示したいの」

「そんな義理堅《がた》い大人みたいなこと考えなくたって」

「ううん、大人も子供もないんだよ。感謝の気持ちを言葉や態度で表さずにいると、やがては愛を失うことになるんだって」

グレタは真剣《しんけん》な顔で、こくりと喉を鳴らした。

「そうやってさよならした夫婦はたくさんいるって」

「夫婦⁉」

アニシナさんはどういう教育をしてくれているんだ。

声を殺して貰《もら》い泣く強面《こわもて》の面々という、ある種感動的な光景が、一瞬《いっしゅん》にして凍《こお》りついた。毒

女かよ⁉　という衝撃《しょうげき》のせいだ。グレタは感心したように周囲を見回す。

「やっぱり。アニシナの名前聞くとみんな姿勢が正しくなるよね。やっぱりアニシナはすごいなあ。みーんなにそんけいされてるんだもん」

違う違う。全員、心の中で必死のツッコミ。

「あの……」

すっかり忘れられていたヘリオが、先程《さきほど》と同じ姿勢のまま口を開いた。親子の感動のシーンに割り込むのが気が引けるのか、申し訳なさそうな細い声だ。

「アニシナ様は凄《すご》いお方なんですか？」

「すごいよ！」

「……凄いよー」

グレタが無邪気《むじゃき》に即答《そくとう》し、おれとギュンターとコンラッドが一瞬迷ってから答える。言葉の意味がかなり違う。

「じゃあアニシナ様なら、父さんの病気も治せますか？　あの、ちゃんと医者は呼んだんです。でも難しい顔で首を振《ふ》るばっかりで、原因が分からないんです」

「病気？　そういやきみ、ここに来たのも父親の代わりだって言ってたよな。お父さんが死ぬ前に、どうしても剣をって……死ぬ前⁉　親父《おやじ》さん、そんな重病なのか？」

おれはコンラッドが持っていた剣と少年の顔を交互《こうご》に見た。よろめきながら立とうとするへリオの頰《ほお》には、幾筋《いくすじ》も白い跡《あと》があった。もう涙《なみだ》も涸《か》れるほど泣いたのだろう。

「病気ならアニシナさんよりもギーゼラを呼ぶほうがいいかもしれないよ。とにかくきみ、へリオ、家は何処《どこ》だ？　優秀《ゆうしゅう》な軍医を連れて行くから」

強面の警護兵達がまたどよめいた。今度は軍曹殿《ぐんそうどの》かよ、と誰《だれ》かが呟《つぶや》く。

「は？　ナニ、軍曹なの？　ギーゼラってもっと偉《えら》いのかと思ってたよ」

「いや、実際にはもう少々上なのですが」

義理の父だというのにギュンターが斜《なな》め右を向いた。何故《なぜ》か目が泳いでいる。


毒女と軍曹殿《ぐんそうどの》は、二人連れだってやってきた。ちょうど一緒《いっしょ》にお茶を飲んでいたのだという。

最初に気付いた若い兵士が、頰を引きつらせて報告する。

「ご一緒です！　ああ何ということだ、ご一緒に歩いておられます」

すっかり声が裏返っていた。

燃えるような赤毛が近づくにつれて、周囲の緊張感《きんちょうかん》は高まってゆく。いつものように少し血色の悪いフォンクライスト卿《きょう》ギーゼラの姿も、僅《わず》かに遅れて見えてきた。

「心強いなあ、二人とも来てくれたんだ……おいちょっと、何で皆《みんな》そんなに怯《おび》えてるんだよ」

赤い悪魔《あくま》こと毒女アニシナに恐怖《きょうふ》する気持ちは、フォンヴォルテール卿グウェンダルの日々の苦労を考えれば、まあ理解できなくもない。しかし何故、あの慈愛《じあい》に満ちた優《やさ》しい手を持つ美人女医、癒《いや》し系魔族ナンバーワンのギーゼラまで恐《おそ》れられるのかが、おれにはさっぱり判《わか》らなかった。

二人合わさるとコンボ技《わざ》でも繰《く》りだすのだろうか。

鍛冶屋《かじや》の息子《むすこ》ヘリオの家は、城壁《じょうへき》を見られる街の西側にあった。一階を工房《こうぼう》、二階を住居にした合理的な一戸建てだ。職業上の騒音《そうおん》を考慮《こうりょ》してか、周囲の家々とはいくらか距離《きょり》がある。それにしたって前触《まえぶ》れなく何頭もの馬が乗りつけたら、ご近所の皆《みな》さんも困惑《こんわく》するだろうと、おれは頭の中でご挨拶《あいさつ》の言葉を探し始めた。だが、興味本位で窓から覗《のぞ》く顔も、どこからか集まってくる野次馬《やじうま》もいない。

おれたちだけだった。まるでゴーストタウンだ。

「陛下がいらしていると知れれば、ちょっとしたパニックになります。国内なのに申しわけありませんが、少しの間我慢《がまん》してください」

馬を降りるとすぐにグレタごと、埃臭《ほこりくさ》いマントを頭から被《かぶ》せられてしまう。

「何だよ、パニックどころか住人の皆さん誰もいないじゃん。それにそんなに用心深くならなくても、家に入っちゃえばバレやしないって」

「確かにこの静けさは妙《みょう》ですね」

コンラッドも不思議そうだったが、逆にギュンターは自慢げだ。

「当方が命じた歩行者地獄《じごく》が徹底《てってい》している証拠《しょうこ》ですよ。素晴《すば》らしいですね、王都住民の忠実なこと。それもこれも陛下がよき王として、国民皆に……ああお待ちください、お待ちください陛下」

話の途中《とちゅう》でギュンターが顔色を変えた。

「まさか現場に立ち会われるおつもりではございますまいね。病《や》んだ者のいる家ですよ。しかも医者も首を捻《ひね》る奇病《きびょう》だというではありませんか。そのような場所に陛下がお入りになるなど……想像しただけで、は、はにゃの奥が、血……焦《こげ》臭くなります」

「なんか違うことを想像したろ」

そこへ颯爽《さっそう》とやってきたアニシナさんが、脇《わき》を通り抜《ぬ》けながらキビキビと言った。手には小鳥の入った籠《かご》をぶら下げている。

「おはようございます陛下、ご機嫌麗《きげんうるわ》しゅう。聞くところによるとどうやら暗殺訓練は、突発《とっぱつ》的事象により小失敗に終わったようですね」

大失敗と言わなかったのは、彼女なりの心遣《こころづか》いだろう。高い位置で結んだ深紅《しんく》の髪《かみ》も威勢《いせい》がいい。

「優秀優秀と口先で並べたところで、所詮《しょせん》は男だらけの警護部隊です。どじょっこ一匹《ぴき》入り込む隙《すき》もない歩行者地獄のはずなのに、こんな大きな子供が咎《とが》められもせず陛下の御前《ごぜん》に駆《か》けだそうとは。これだから愚鈍《ぐどん》な兵隊は信用なりません。フォンヴォルテール卿がちょっと留守をしただけで、忽《たちま》ちこのような無能な団体に成り下がってしまうのですからね。おや、フォンクライスト卿？」

空色の瞳がギュンターの上で止まる。

「髪にウンコついてますよ」

「うっ」

情け容赦《ようしゃ》ない。何人かの兵士が咳《せ》き込んだ。

「あ、アニシナさん、その鳥籠は？」

銀色の華奢《きゃしゃ》な檻《おり》の中では、鮮《あざ》やかな黄色の小鳥が嘴《くちばし》を傾《かたむ》けている。このブラジルっぽい色合いはカナリヤだ。

「これですか。これは『魔動臭気探知機《しゅうき》・かなりイヤ』です。建物や洞窟《どうくつ》内に有毒な気体がないかどうか、我々が侵入《しんにゅう》する前に判断できます」

「うえ、じゃあもし有毒ガスが充満《じゅうまん》してたら、そのカナリヤはおれたちの身代わりになって死んじゃうんだ。仕方がないとはいえ、そりゃちょっと可哀想《かわいそう》だな」

「可哀想？　死ぬも生きるもありませんよ。魔動ですから」

「え、でもそれはカナリヤで……」

「魔動ですから！」

短い鳴き声で小首を傾《かし》げる様は、どう見ても本物の鳥だ。しかしそう反論する間もなく、彼女は工房の入口の扉《とびら》を開けると、鳥籠を前に掲《かか》げてしまう。

小鳥はヒステリックに叫《さけ》んだ。

「かかか、かなりイヤー！」

「でしょうね。わたくしの嗅覚《きゅうかく》をもってしても、かなり不快な臭気《しゅうき》が充満しています」

ヘリオが申し訳なさそうに頭を掻《か》く。

「すみません、忙《いそが》しかったので生ゴミを捨て忘れていて」

片付けられない鍛冶屋さんちだ。

「困りましたね。原因のひとつが推測できたとしても、魔動臭気探知機が反応している以上、何の装備もなく侵入するわけには参りません。ここはひとつ、フォンクライスト卿・父に魔力を提供させて、急遽《きゅうきょ》魔動防護服を……」

視界の端《はし》に、ちらりとギーゼラが入った。胸の前で腕《うで》を組み、人差し指だけで兵士達を呼び寄せている。不愉快《ふゆかい》そうな半眼で、口はへの字に曲がっていた。

こ、こんなギーゼラは初めて見た。

虎《とら》に睨《にら》まれた小兎《うさぎ》みたいにビクつきながら、兵士達が大慌《おおあわ》てで集合していた。

「ぎ、ギーゼラ様」

「貴様等《ら》……」

すっと息を吸い込む。

「歯を食いしばれーっ！」

「ひー」

一列に並んだ兵士達に次々ビンタ、いや気合い入れ。

「向こうはろくに実戦にも赴《おもむ》かず、安全な司令部で温々《ぬくぬく》と命令だけしている円卓《えんたく》組だぞ⁉　その連中に先を越《こ》されて、兵士として恥《は》ずかしいとは思わんのかっ⁉　貴様等の小指並みの根性《こんじょう》は、一体どこに捨ててきた⁉」

「も、申しわけありません軍曹殿ッ」

「少しでも軍人としての気構えがあるなら、とっとと突入《とつにゅう》して要救護者を救出してこい、この愚図《ぐず》共がッ」

「はっ、了解《りょうかい》であります軍曹殿ッ！　とっとこ突入するであります
ッ」

一瞬《いっしゅん》にしておれの上半身から血の気が引いた。鬼《おに》だ、彼女は鬼軍曹だったんだ。しかもアニシナさんに強烈《きょうれつ》なライバル意識を持っている様子。この二人が同じテーブルでお茶を飲む様子など、とてもじゃないが想像できない。

おれの驚《おどろ》きをよそに、カリスマ軍曹に命じられた兵士達は、ハムスターみたいにちょこまかと鍛冶屋に駆け込んだ。毒ガス探知も防護服もあったものではない。ベッドに横たわったままの家の主《あるじ》を、十秒足らずで運び出してくる。

「救出成功であります軍曹殿！」

「まだ息があるであります軍曹殿！」

「生ゴミの腐敗臭《ふはい》、きつかったであります軍曹殿……」

「うむ。眞魔国軍人《しんま》魂《だましい》、しかと見せてもらった……と言うとでも思ったか!?」

少しは褒《ほ》めてやれよとこちらが思うくらい、ギーゼラ軍曹は怒り系《いか》だ。

「馬鹿野郎《ばかやろう》どもめ、感染するかもしれん重病人を、陛下のお側《そば》に置くとは何事だ!?　初等兵でもそんな愚《おろ》かな過《あやま》ちはせんぞ！　貴様等全員、頭を丸めて兵学校から出直せ！」

「もっ申しわけありませ……」

ギュンターの言うエリートの集団、強面《こわもて》の眞魔国警護隊が涙《なみだ》ぐんでいる。一方ギーゼラは気が済んだのか、一八〇度態度を変えた。態度というより人間を変えた。

「申しわけございません陛下、お見苦しいところを」

「いっ、いいえ。いいえー」

ふと見ると、グレタの瞳《ひとみ》が潤《うる》んでいる。

「グレタ、怖《こわ》かったのか？」

「……ギーゼラ……かっこいい……」

やばい。

「父さん、父さんっ」

ギーゼラは縋《すが》り付く少年ごと力任せにベッドを引っ張り、おれから病人を離《はな》した。自分は感染の危険を顧《かえり》みず、医療《いりょう》従事者らしく患者《かんじゃ》の元にしゃがみ込む。

ここからでは彼女の血の気のない手首と、その指に握《にぎ》られた男の細い腕しか見えない。土気色に変《か》わった枯れ枝みたいな肌《はだ》には、所々葉っぱ状の緑の染《し》みが浮《う》いていた。

「こっ、これは」

「どーしましたかー、ギーゼラー」

「六四五年に一度流行《はや》るという伝説の奇病、ヨモギ熱です！」

「な、なんだってー!?」

なんだか大化の改新みたいな周期だが、とりあえずギュンター・ギーゼラ父娘《おやこ》の息の合った驚きようで、非常に深刻な病気であることは判った。

「医者も首を捻るはずです。ヨモギ熱の症例《しょうれい》を実際に診《み》た者など、国中を探してもいないでしょうから」

「で、その熱の治療《ちりょう》法は確立してんの？　六四五年も前の流行病なんだからさ、今はすっかり原因も解明されて、完治する病気になってるんだろ？」

「それが……」

声も口調も癒《いや》し系軍人に戻《もど》ったギーゼラは、無念そうに言葉を濁《にご》す。

「一過性で流行した期間が非常に短く、また痕跡《こんせき》も残さずあっという間に危険が去ってしまったため、治療法の確立どころか、発症の切《き》っ掛《か》けさえ解明できていないのです」
「え、感染源も不明なの!?」
「ええ、しかももしこれが本当にヨモギ熱だとすれば、とっくに周囲の大人達にも伝染してい
るはず……」
「大変です閣下！」
軍曹殿《ぐんそうどの》に影響《えいきょう》されていなかった一部の兵士、どうやらウェラー卿《きょう》の配下らしき数人が、近所
の家々から駆《か》けだしてきた。いつの間にかご近所調査にかかっていたらしい。
「どうした」
「この騒《さわ》ぎにも反応のないはずです。周りの連中も皆《みな》、寝台《しんだい》で唸《うな》っております。住人ばかりか、
居間の長椅子《ながいす》では往診《おうしん》に来た医師まで伸《の》びていました。我々の診立てでは重体五人、まだ初期
症状の者が八人です。予断を許さぬ状況《じょうきょう》ではありますが」
「子供達は？」
「それが、実に不思議なことに子供には感染しないようで。為《な》す術《すべ》もなく怯《おび》えているばかりで
した。とりあえず今、外に出しています」
コンラッドは頷《うなず》いて、医療本隊に狼煙《のろし》で連絡《れんらく》をとるように指示した。
「迂闊《うかつ》には動けないだろう、我々自身がキャリアになってはまずい」
冷静だ。まったく、彼くらいは豹変《ひょうへん》せずにいて欲しいものだ。

「子供に影響がないとなると、ますますヨモギ熱の症例と一致《いっち》します」

「成程《なるほど》ねえ、ヨモギ熱ですか」

ギーゼラの悲痛な報告に対して、アニシナは鼻の下でも掻きたそうな顔だ。

「なんでそんな興味なさそうな態度なんだー」

「だって毒ではありませんからねえ」

病原菌《きん》には好奇心《こうきしん》をくすぐられないのだろうか。アニシナはちょっとおっさんくさく、親指で小鼻など撫《な》でながら呟《つぶや》いている。

「それにしても六四五年周期……六四五……六四五……どこかで目にした数字ですね」

だから大化の改新、大化の改新だってばと突《つ》っ込みたいのを堪《こら》えた。彼女の思索《しさく》の邪魔《じゃま》などしようものなら、実験されても文句は言えない。

「思い出せないのは口惜《くちお》しい、いえそれ以上に臍《へそ》がむずついて仕方がありませんが……あっ！」

ぱっと顔を輝《かがや》かせて、フォンカーベルニコフ卿は手を打ち合わせた。そして昨日の午後に聞いたばかりの、不吉《ふきつ》な名前を口にした。

「ブブブンゼミです！」

断言されて思わず自己弁護。

「うえ、お、おれじゃないです、ゼミラを連れてきたのはおれじゃないでーす」

「ゼミラ？　何のことです？　そうではなく、確かに文献《ぶんけん》にありました。ブブブンゼミが海を渡《わた》って眞魔国に至るのは、正確に六四五年周期。今年から計算すれば前回も、そのまた前回も六四五年周期なのです」

病人を覗《のぞ》き込んでいたギーゼラが顔を上げた。今のところは癒し系モードだ。

「ヨモギ熱が大々的に流行ったのも六四五年前です。更《さら》にその六四五年前には、よく似た症状のブタクサ熱が世間を騒がせています。このときも治療法が解明できぬまま、短期間で完全に収束しました。一体どのような理由だったのかは、当時の記録にも残っておりませんが」

おれは医療先進国日本の国民として、ごくありきたりな意見を述べた。蟬《せみ》の飛来する時期と伝染病の蔓延《まんえん》がそんなにぴったり一致するならば……。

「蟬が海の向こうから細菌を運んできたとしか……」

「これは、蟬が治療法の助けになっているのでは!?」

ええーっ!?　とんでもない論理の飛躍《ひやく》だ。魔族の考え方は難しい。

「きっとそうだわフォンカーベルニコフ卿！　ああ何故《なぜ》気付かなかったのかしら。バカバカバカ、わたしのバカ。ギーゼラ、貴様の頭蓋骨《ずがいこつ》には何が詰《つ》まっている!?　泥《どろ》か、おが屑《くず》か、腐《くさ》った牛の糞《ふん》かッ」

自分を責める時まで鬼軍曹口調だ。

「その説が正しいなら、間もなくブブブンゼミの海を越える大移動があるはず。蟬の飛来を待って、彼等と共に治療法を探《さぐ》りましょう」

巨大蟬《きょだい》は医療技術向上のための重要な戦力なのか……。何だろう、この虚《むな》しい脱力感《だつりょく》は。

大人の女性達の興奮ぶりを眺《なが》めていたグレタが、腿《もも》に寄り掛からせていた頭を離した。肩《かた》にはおれの掌《てのひら》を載《の》せたままだ。

「セミニョールたちならもう来てるよ」

「何ですって？」

「だからー、セミなら昨日、グレタといっしょに王都にきたの」

アニシナが一瞬《いっしゅん》だけ口を閉じる。眉《まゆ》をぴんと跳《は》ね上げ、理知的な空色の瞳を見開いている。

「まさか。まさかあの幻《まぼろし》の珍虫《ちんちゅう》ブブブンゼミが!?　ブブブンゼミが飛来しているというのですか!?　グレタ、何故それを早くわたくしに教えてくれないのです」

「だって女の人はだいたい虫がきらいだから、アニシナも苦手かなって思ったの」

高い位置で結んだ髪《かみ》をぶんと振《ふ》り回す。運の悪い兵士が三人ばかり鼻の骨を折った。

「この世でわたくしが苦手な物など、雄鶏《おんどり》くらいしかありませんよ。ああ、どうしましょう、世界の七大珍虫の一種であるブブブンゼミをこの目で見られる日がくるなんて！　長生きはサンコンの得とは良く言ったものですね」

「そ、そんなに人気のある蟬なんだ」

案の定、物知り毒女に圧倒《あっとう》されそうだ。

「それはそうですよ陛下。何しろ六四五年に一度しか飛来しない巨大蟬です。眞王の御遣《みつか》いとも称《しょう》せられ、一部の好事家《こうずか》達にとっては昆虫《こんちゅう》の王者なのです」

「へえー」

「ちなみに『恐怖《きょうふ》ブンブブン物語』なる娯楽《ごらく》小説や、ある朝目覚めたら巨大な蝉になっていた主人公が、元の姿に戻るのは可か不可か!? という衝撃《しょうげき》的な内容の戯曲《ぎきょく》『変身』など、あらゆる芸術の題材にもなっています」

「へ、へえー」

「そういえば隣国《りんごく》との境に塀《へい》ができたそうですよ」

「へ、へえーへえーへえー」

「へーか。お返事マシンになりかけていますよ」

コンラッドに肩を叩《たた》かれて我に返った。いかんいかん。すっかりアニシナさんの勢いに飲まれてしまった。

「ほんとう？　ほんとにブブブンゼミの力を借りたら、この子のおとーさまも、近所の人たちもみんな助かるの？」

「まだ絶対とはいえません。しかし文献から推測すると、可能性はかなり高いですね」

少女の温かい身体《からだ》がおれの膝《ひざ》から離れ、朱茶《あけちゃ》の瞳《ひとみ》が興奮で輝きだす。

「じゃあ呼ぶよ。いいの？　グレタよんじゃうよ？」

グレタは小さな拳《こぶし》を突き上げて、天に向かって大きく叫《さけ》んだ。

「コモエスター、セミニョール！　コモエスター、セミニョリータ！」

グレタ、お前って本当はどこの生まれ？

遠くから不吉な羽音と、耳を覆《おお》いたくなる鳴き声が聞こえてくる。

『ちゅいーん！』

『ちゅちゅちゅちゅちゅいーん！』

歯医者だ、歯医者さんの削《けず》るマシンの音だ。

『ちゅーう、ちゅうちゅちゅ、ちゅいーん！』

夏のお嬢《じょう》さんだ！　じゃなくて、群れだ。音波は一匹《ぴき》や二匹で済む量ではない。明らかに群れを成している。やがて空は不気味な茶色に染まり、奴等《やつら》が群れでやって来た。

「セミニョール、セミニョリータ！」

グレタが声をかけると、先頭にいた二匹が急降下してきた。どうやらあいつらは群れの親分格らしい。無意識に呟かれたコンラッドの一言は、恐《おそ》らく彼の本音だろう。

「どうしたわけか珍獣《ちんじゅう》のリーダー格と縁《えん》があるんですよね」

「話の解《わか》る奴でありますように」

たとえナイスガイであっても、可愛《かわい》い可愛い自分の娘《むすめ》が宇宙規模の巨大昆虫を抱擁《ほうよう》している光景は目の毒だった。本来の意味で目の毒だった。

「セミニョール、セミニョリータ、頼《たの》みがあるの。アニシナとギーゼラに協力して、ここのひとたちの病気をなおしてあげて」

『ちゅいーん』

肯定《こうてい》なのか否定なのか判別つかないお返事で、二匹の蟬は上空の仲間に向けて音波を発した。歯科医にいい思い出のないおれは、泣きながらしゃがみ込むしかない。次々と降下してくる蟬部隊で、地上は特別番組『大自然の驚異《きょうい》』みたいになってしまった。

と、ピカつく複眼をギーゼラの方に向けたセミニョールが、重体患者《かんじゃ》に気付いた。少しだけ可愛らしい声をあげる。

『ちゅい？』

「あっ、セミニョール」

グレタが止める間もなく、巨大昆虫は蟬らしからぬスピードで地面を移動し、ベッドごと運び出された鍛冶屋《かじや》の傍《かたわら》に行ってしまう。そして大方の予想どおり、口元に隠《かく》し持ったストローを男の首筋に突き刺《さ》した。

「やめろセミニョール、ただでさえ瀕死《ひんし》の重体なのに血なんか吸われたら！」

おれの命令など聞きやしない。

鬼軍曹《おにぐんそう》ギーゼラが鬼っぽく舌打ちして、腰《こし》の短剣《たんけん》に手を掛《か》けた。

「お待ちなさい、ギーゼラ」

制止の声を発したのは、意外なことに義父《ちち》であるギュンターだった。美貌《びぼう》に見合った冷静な口調。珍《めずら》しいこともあるものだ。

「よくご覧なさい、患者の様子を。心なしか精気が戻《もど》ってきています。血を吸われているはずなのに、頬《ほお》や額は血色が良くなっている」

「本当だわ。これは一体……」

ぴくりとも動かなかった指が微《かす》かに震《ふる》え、体温を取り戻した胸が一定のリズムで上下している。呼吸も正常になりつつあり、明らかに回復の兆《きざ》しを見せていた。

「父さん！」

引き離されていたヘリオが兵士の腕《うで》を振り切って駆《か》け寄り、鍛冶屋である父親の手を握《にぎ》った。早くも泣いている。

おれは軽く混乱していた。

「待てよ、血を吸われたんだぞ？　普通《ふつう》、いっそう元気をなくすだろ!?」

「その謎《なぞ》に答えられるのは、どうやら身を以《もっ》て体験した私だけのようですね」

「そういえばあんたも……」

吸血行為《こうい》の第一被害者《ひがいしゃ》、元気潑剌《はつらつ》フォンクライスト卿《きょう》ギュンターが、腕組みをし胸を張って立ち上がった。自分の手柄《てがら》でもないのに大威張《おおいば》りだ。

「どうやら伝説の珍虫ブブブンゼミは、汚染《おせん》された悪い血液を好んで吸うらしいのです。そして同時に、刺した針が容易に抜《ぬ》けるように、血液凝固《ぎょうこ》を防ぐ体液を注入する。その体液が、これまたキクーッてな良薬でございまして、私など昨夜一晩で肩と腰の凝《こ》りや顔の浮腫《むくみ》がとれ、隠し持っていたじゅくじゅく水虫も完治する始末」

「……そんなもんまで育ててたのか」

「おまけに顔も二割強増しで良くなって、陛下のご寵愛《ちょうあい》街道まっしぐらでございます」

裏付けのない自信もここまでくると恐ろしい。

「ということは、閣下」

義父が義父なら義娘《むすめ》も義娘だ。

「珍虫に悪い血液を吸わせることが、ヨモギ熱の唯一《ゆいいつ》の治療《ちりょう》法であると？」

おいおい。

「それどころかっ」

昆虫の形態をつぶさに観察していたアニシナさんが、メモをとりながら勢いよく顔を上げた。いい音がして、背後にいた兵士が倒《たお》れた。強烈《きょうれつ》な頭突《ずつ》きが決まったのだ。

「ブブブンゼミは意味無く海を渡《わた》るのではなく、ヨモギ熱に感染した血液を求めて、群れで飛来するという仮説も立てられますね」

おいおいおい。とんでもない論理の飛躍《ひやく》だ。

「そうね……だとしたら全く同じ周期で上陸するのも肯《うなず》けるわ……ヨモギ熱に冒《おか》された血液が、この珍虫の大好物なのだとすれば……」

「ちょっと待てよ、いくら何でもそりゃあ都合が良すぎるだろ!?」

誰《だれ》か客観的に物事を考えられる人を捜《さが》して、おれは周囲に視線を廻《めぐ》らせた。偶然《ぐうぜん》である可能性も指摘《してき》してくれ。

「もしその仮説が正しいとすれば」

「コンラッド、あんたまで」

ウェラー卿は耳の下に指をやり、考える素振《そぶ》りをしてから言った。

「海上で迷うかもしれない珍虫《ちんちゅう》の群れを、無事に眞魔国《しんま》まで導いたグレタの手柄ですね。セミニョールたちの到着《とうちゃく》が少しでも遅《おそ》ければ、病は瞬《また》く間に広まっていたでしょう」

無欲のうちに手柄を立てた張本人は、マントをかなぐり捨て、おれの手を擦《す》り抜けて患者と治療者（蟬《せみ》）の元へと駆け寄った。

「吸い過ぎはだめ、セミニョール。いちじるしく健康をそこなうばあいがあるんだよっ？」

虫使いに肩《かた》……らしき部分を摑《つか》まれ、蟬は大人しく顎《あご》を上げる。球のような複眼が心なしか潤《うる》んで、まだ吸い足りないという様子だ。

『ちゅぃぃんーん』

もう一杯《いっぱい》、と言いたげ。

ヘリオの父親は奇跡《きせき》的に意識を取り戻し、泣きじゃくる息子の頭を撫《な》でている。

「よーし貴様等ぁ！」

医療《いりょう》従事者の判断は素早《すばや》かった。

「近所中を回って患者という患者を運び出せ！　一刻も早くセミサマの治療を受けさせるぞ」

「了解《りょうかい》であります軍曹殿《どの》」

「声が小さい！　気合いを入れて欲しいのか!?」

「りょーかいでありますッ、軍曹殿ッ！」

先程《さきほど》の暗殺訓練よりもずっとキビキビした動作で、兵士達は命じられた仕事にかかった。きょーうの軍曹じょうきげんー、等《など》と歌っている。

「い、いいのかな。何の根拠《こんきょ》もないままに怪《あや》しげな治療法を取り入れちゃって」

「一時しのぎですよ陛下」

横を向くと、アニシナさんが隠しきれない好奇心《こうきしん》で、空色の瞳《ひとみ》を輝《かがや》かせていた。不敵な……いや、素敵《すてき》な微笑《ほほえ》みだ。

「珍虫の吸血行為と体液注入が及《およ》ぼす人体への影響《えいきょう》に関しては、すぐに研究に取りかかります。何しろ良薬と毒は表裏一体、紙一重《ひとえ》。この上もない研究課題です。幸い……」

「ひっ」

獲物《えもの》を射竦《いすく》める眼《め》を向けられて、ギュンターが頬を引きつらせた。

「格好の実験台……被験者もいることですしね。後のことはわたくしにお任せください。陛下はそのような細かいことなどお気になさらずに、まずはグレタの手柄を褒《ほ》めてあげるべきです。

良い毒女は褒め称《たた》えられるべきですし、崇《あが》められてこそ、良い毒女が育つのですからね」

「毒女⁉」

「ああ、いいえ。子供です。もちろん女の子のことを言っているのです」

名前が耳に入ったのか、赤茶の頭がこちらを振り返った。唇《くちびる》が「なーに」と動く。

「グレタのこと呼んだー？」

「いい子だって言ったんだ」

おれは両手をメガホン代わりに口元に当てて、少し上を向いて叫《さけ》んだ。街中に、国中に聞こえるように。

「グレタはいい子だって言ったんだ！」

「ほんと？　グレタ、ユーリの役に立てた？」

おれの役に立ったなんてレベルの話じゃない。きみは眞魔国の皆《みな》を救ったのかもしれないんだよ。


幼い蟬使いは尊敬する二人の女性に挟《はさ》まれて、生き生きと働いていた。

幼い頃《ころ》の経験が人生を決めることもあるから、あの子は将来ナースかマッドマジカリストを目指すかもしれない。グレタ、お父さんは白衣の天使希望です。

離《はな》れた場所で娘《むすめ》の雄姿《ゆうし》を見守っていたおれだが、蝉に血を吸われた患者《かんじゃ》が次々と回復してゆくのを見ているうちに、安心したせいか軽い眠気《ねむけ》に襲《おそ》われ始めた。

昨夜の宴会《えんかい》と早朝からの慣れない暗殺訓練で、睡眠《すいみん》時間が不足しているのだ。

「陛下」

「んひゃ。へーかって呼びゅにゃよ名付け親」

既《すで》に欠伸《あくび》が噛《か》み殺せなくなっている。

「すみません、ついいつもの癖《くせ》で。それより陛下、お疲《つか》れならここはギーゼラ達に任せて、部屋で休んではどうですか」

「責任者としてそういうわけにも……」

「部下を信用して任せる度量も、上に立つ者には必要です」

半ば引きずられるようにして城に戻り、早くも掃除《そうじ》の済んだ自室の扉《とびら》を開いた。午前中を寝《ね》て過ごすはずだったヴォルフラムは、元気を取り戻したのか行き先も告げずに外出していた。

きちんとベッドメイクされたシーツの上から、コンラッドが白銀の枕《まくら》を持ち上げる。代わりにどうぞという仕種《しぐさ》で、桃色《ももいろ》の抱《だ》き枕をおれの胸に押し付けた。

「約束ですからね」

「ひゃっほー！　昼間っから贅沢《ぜいたく》にピンクな夢。何だか後ろめたいような楽しみなような」

「いいんじゃないですか。慌《あわ》ただしい一日への小さなご褒美《ほうび》ってことで」

「そうかな、そうだよな」

幸いなことに抱きついてくるヴォルフラムもいない。どんなに妖《あや》しい寝言を漏《も》らそうとも、今のは誰だ、男か!? 等と問い詰《つ》められる心配はなかった。

「さー、昼寝昼寝ー……」

上着を脱《ぬ》ぎ、シーツを捲《まく》って広いベッドに潜《もぐ》り込む、と、ほぼ同時に。

「ユーリっ」

ノックもせずに少女が駆《か》け込んできて、猛《もう》スピードで居間と寝室《しんしつ》を突っ切り、おれの腹の上に飛び乗った。

「ぐぅっ、グレタ」

満面の笑《え》みだ。

「アニシナとギーゼラがセミニョールたちのそうじゅう方法をしゅうとくしたから、グレタはもう遊びに行っていいって言われたんだよ。それでねそれでね」

ベッドのスプリングを利用して何度も弾《はず》む。

「グレタ、ユーリと遊びたいって言ったの。そしたらギュンターが、へーかはこれからお休みですが、もしそうしたいならグレタも一緒《いっしょ》にお昼寝していいですよって。セミ使い頑張《がんば》ったから、今日は特別にごほうびです、って。ユーリ!」

　こくこくと頷《うなず》くばかりのおれの首に、グレタはぎゅっと抱きついた。

「うれしーい！　おとーさまと一緒に寝るの久しぶりだもん」

「そうか、留学してたんだもんな。じゃあ今日だけ、特別だぞ？」

　出て行きかけていたウェラー卿《きょう》が、子犬でも見るような笑みで寄ってきて、桃色枕を取り上げた。

「没収《ぼっしゅう》」

　おれは顔の脇《わき》に両腕《りょううで》を挙げる。今日のところは異存《いぞん》なし。

「ねえユーリ、寝るまでなにかおはなしして。『横浜《ハマ》のジェニファー・港町《みなとまち》必殺拳《けん》』のつづきがいいな」

　肘《ひじ》をついて俯《うつぶ》せになり、細い両脚《りょうあし》をイルカみたいに跳《は》ねさせている。

「あんなバトルばっかの話が好きなのか！　まったく、グレタは子供だな」

「えー子供じゃないもん、毒女のつぎにジェニファーが好きなんだもん」

　娘のいる生活って素晴《すば》らしいよなと、独り言のつもりで呟《つぶや》いたら、眠《ねむ》りに落ちる間際《まぎわ》のグレタは首を振った。今にも瞼《まぶた》がくっついて、朱茶《あけちゃ》の瞳を覆《おお》ってしまいそうだ。

「……ちがうよ。おとーさまのいる生活のが、すばらしいんだよ」

肩の脇にあった頭に手を伸《の》ばすと、細かく波打つ髪《かみ》の真ん中に、小さな旋毛《つむじ》を見つけた。

子供でいいよ。

子供のままでいてくれよ。

おれが自慢《じまん》の父親になれるまで。

BEANS BUNKO

「これが㋮のつく第一歩！」の感想をお寄せください。
おたよりのあて先
〒102-8078　東京都千代田区富士見2-13-3
角川書店アニメ・コミック事業部ビーンズ文庫編集部気付
「喬林　知」先生・「松本テマリ」先生
また、編集部へのご意見ご希望は、同じ住所で「ビーンズ文庫編集部」
までお寄せください。

これが㋮のつく第一《だいいっ》歩《ぽ》！

喬林《たかばやし》　知《とも》

角川ビーンズ文庫　BB4-13　　13520

平成16年10月１日　初版発行
平成17年３月10日　６版発行

発行者――井上伸一郎
発行所――株式会社角川書店
東京都千代田区富士見2-13-3
電話／編集（03）3238-8506
営業（03）3238-8521
〒102-8177　振替00130-9-195208
印刷所――暁印刷　製本所――コオトブックライン
装幀者――micro fish

ISBN4-04-445213-X C0193 定価はカバーに明記してあります。